40에는 긴 머리*

40에는 긴 머리

지금의 내가 더 좋아

초판 1쇄 발행 2021년 4월 12일

지은이 이봄

펴낸이 강기원
펴낸곳 도서출판 이비컴

디자인 호기심고양이
교 열 김종선
마케팅 박선왜
일러스트 조은혜

주 소 서울시 동대문구 천호대로81길 23, 201호
전 화 02)2254-0658 팩 스 02-2254-0634
메 일 bookbee@naver.com
출판등록 2002년 4월 2일 제6-0596호
ISBN 978-89-6245-186-3 03800

40에는 긴 머리[*]

지금의 내가 더 좋아

이봄 에세이

이봄의 책

마흔을 살아가는 속내

가끔이지만 내 나이를 직접 기입해야 할 때가 있다. 내 나이는 당연히 두 자릿수인데 앞자리의 4를 쓸 때마다 '내가?'라는 생각이 번개처럼 떠오른다. '내가 왜?' '내가 어떻게 사십 대야?'라는 질문이 떠오르는 그 찰나의 순간, 손은 이미 끝자리 수까지 다 쓰고 넘긴 상태다. 허탈하다. 그렇다. 나는 빼도 박도 못하는 명백한 사십 대다. 내가 이렇게 혼자서 어리둥절해 하는 동안에도 시간은 여지없이 흘러갔고, 뒷자리 숫자도 부지런히 뒤로 넘어갔다. 하여 나는 지금 마흔여섯이다. 오마이 갓.

'너는 이제 마흔여섯 살이다.' 2020년 1월 1일 아침 7시 40분, 세수하러 욕실에 들어갔다가 거울에 비친 나를 보고 무심코 던진 말인데 그러자 기분이 언짢아졌다. 변기에 앉아 생각했다. 마흔여섯은 어떤 나이인가? 도영 언니는 마흔여섯에 둘째를 낳았고, 아이 둘을 키우면서도 영화학교에 입학해 쉰 살에 영화 《82년생 김지영》을 찍어 감독으로 입봉했다. 배우 김성령은 마흔여섯에 드라마 《추적자》에 출연해 연기 인생의 새로운 장을 열었다. 또한 마흔여섯의 나이에 택시 2대로 사업을 시작해 훗날 항공회사의 사주가 된 사나이도 있다.

뭐든 할 수 있는, 아직은 젊은 나이라고 자신을 설득하고 싶었던 모양인데 오히려 마음이 더 무거워졌다. 난 뭘 해야 하나? 아, 그냥 '아직 만 나이로는 44야!'하고 가볍게 넘길걸.

  자주 어른 흉내를 내고 있다는 기분이 든다. 몸에 맞지 않는 큰 옷을 입고, 주름진 탈을 쓴 채로 어른 코스프레를 하는 것 같달까? 내가 별로 이룬 게 없이 나이만 먹어서 그런가 싶다가도, 그렇다면 뭘 또 얼마나 이루었어야 어른다운 건지 의문이다.

  이 나이 먹도록 세상 물정도 제대로 모르는 것 같아서 한숨이 쏟아질 때가 많지만 한편으론 나이를 먹었기에 필연적으로 깨닫게 된 것들도 있다. 분명 젊어서는 몰랐던 것들이다. 내가 사십 대에 적응하든 말든 시간은 나를 오십 대를 향해 데려가고 있다. 내가 무언가를 해야 한다면 그건 사십 대를 살아가는 나의 이런 속내를 기록으로 남기는 일이라는 생각이 들었다. 더는 스스로를 책망하지 않기 위해서, 어딘가 좀 모자란 것 같은 나를 있는 그대로 사랑하기 위해서 말이다.

이 봄

꿈꾸던 미래가 어떤 것이었건

잘 가, 어제의 나

맑게 갠 하늘에 비행기구름

나는 어디로 돌아갈까

잃어버린 건 없을까

잘 가, 어제의 나

눈을 감고 불러보네

그 시절의 그대를 만나고 싶어서

그대여 나는 아직 기억해

그대여 나는 잊지 않을 거야

누군가가 나를 부르는 거 같아서

돌아보지만 그대는 없어

그대여 내가 나를 믿지 못할 때에도

그대만은 나를 믿어주었지

꿈꾸던 미래가 어떤 것이었건

헬로 어게인 내일의 나

놓아버릴 수 없으니까

한 걸음만 앞으로

한 걸음만 앞으로

또 한 걸음만 앞으로

<심호흡> 하나레 구미

2장 _____   마이웨이

1장

어른 되기

나이 먹는 태도

사십 대에 진입하면서 나잇값을 못 하고 있다는 생각에 자주 초조함을 느끼게 되었다. 나는 그대로인데 자꾸 나이만 먹고 있다는 생각에 길을 잃은 것처럼 막막할 때가 있다. 그런데 이런 속내를 살짝이라도 드러내면 나를 무슨 엄청 동안에 집착하는 성형 중독자나 기를 쓰고 늙지 않으려고 온갖 보신용 제품에 환장하는 속물로 보는 사람들이 있다. 단순히 늙기 싫어서 발악하는 게 아닌데 억울하다. 그런가 하면 자기는 나이 따위는 아예 생각조차 안 하고 산다며 세상 쿨하게 나오는 사람들도 있다. 그들은 쉽게 "잊어버려!"라고 말하며 나를 나이에 연연하는 구닥다리처럼 쳐다본다. 답답하다.

순응과 망각.
이 두 가지 태도에는 질문이 빠져있다. 순응하는 쪽은 어떻게 살아야 하는지에 대한 고민이 없어 보이고, 망각하는 쪽은 자기반성이라는 걸 모르는 것 같다. 그래도 괜찮은 걸까? 난 그렇지 않다. 인간은 생각하는 갈대라니까 의심하고 흔들리느라 불안해도 어떻게 살아야 할지에 대한 질문을 놓치지 않고 가련다.

어른 되기

옛날 옛적에 내가 아직 이십 대였을 때 나는 어른들을 몹시 싫어했다. 어른들은 멀쩡하게 생긴 것 같다가도 반대편으로 돌려보면 멍든 살구처럼 미심쩍은 데가 있었다. 그래서 언젠가 나도 그들처럼 어른이 될 거라 생각하면 그렇게 슬플 수가 없었고, 그 슬픔은 견디기 어려운 것이어서 술로 달래야만 했으니 머저리 같은 어른들을 안주 삼아 동이 틀 때까지 홀짝거렸다. 맞장구치는 친구들과 장단을 맞추며 어리석고 욕심 많거나 패기 없는 기회주의자이거나 주책맞게도 젊은 척을 하거나 권위적인 어른들을 욕하고 나중에 절대로 그런 어른이 되지 말자고 결의를 다졌다. 늙는 것보다 죽는 게 낫다고 소리치며 주정을 부리곤 했다.

어디로 보나 완연한 기성세대인 사십 대에 들어와서야 나는 지난날 내가 그토록 미워했던 어른들을 용서하게 되었다. 사십 대가 되고 보니 이게 생각만큼 그렇게 많은 나이가 아니더라. 이쯤 되면 인격적으로 상당히 성숙해야 한다고 믿었는데 살아보니 그게 보통 어려운 일이 아니었다. 이십 대의 내가 어른들에게 너무 이상적이고 엄격한 도덕적 기준을 들이대며 완전하길 기대했다는 생각이 든다. 고레에다 히로카즈 감독의 영화 《태풍이 지나가고》에는 이런 내 마음의 변화를 잘 보여주는 장면이 나온다. 고등학생인 한 소년이 자신에게서 돈을 뜯어 가는 흥신소 직원인 사십 대의 주인공 료타에게 "당신 같은 어른은 절대 되지 않을 거야!"라고 외친다. 료타는 "쉽게 원하는 어른이 될 수 있는 게 아니야."라고 답하는 데 너무 공감한 나머지 홍홍 콧소리를 내며 크게 웃었다. 자조적인 웃음… 마치 20대의 나와 지금의 내가 나누는 대화 같다.

어른에 대한 나의 이상적인 기대는 어디서 비롯된 걸까 생각해본다. 어느 정도는 아이들이 자신의 부모에게 갖는 기대처럼 자연스러운 것이기도 하지만 어릴 때 열심히 읽었던 위인 전집이 그 기대를 심화시키고 강화한 것은 아닌지 의심해본다. 60권이 넘는 동서양 위인들의 이야기를 읽고 또 읽으면서 크게 감동한 나는 현실에 없는 사람을 바라게 된 것은 아닐까? 흠결 없는 위인이 나타나서 내 삶의 길잡이가 되어주길 얼마나 바랐던가. 안타깝게도 그런 일은 일어나지 않았다. 언뜻 보았을 때 위인처럼 보이던 어른들도 가까이서 보면 문제투성이였다. 죽은 사람 외엔 아무도 존경할 수 없었다.

아무튼 나이 드는 건 쓸쓸한 일이지만 거기에도 재미는 있다. 마치 봉인이 풀리는 것처럼 젊어서는 도저히 알 수 없던 것들을 알게 될 때 그렇다. 내가 싫어했던 어른들이 지금의 내 또래였다는 걸 깨달았을 때 나는 실소를 터트리고 말았다. '다들 어른 노릇 하느라 애쓰셨네.'라고 생각하니 애잔한 마음마저 들었다. 이제 나 역시 미움받는 기성세대가 되었다는 걸 순순히 받아들인다. 이렇게 허술한 어른이 될 줄이야! 그래도 나는 '라떼' 타령은 않으니 꼰대들과는 구별해주길 바랄 뿐.

어른이 된다는 것은 젊었을 때 내가 생각했던 것처럼 인격적인 성숙을 이루어가는 과정이 아니라 계산에 밝아진다는 것을 뜻하는 게 아닐까 하는 생각이 들 때가 있다. 이거나 저거나 나한테 어렵기는 둘 다 마찬가지. 나이 먹는다고 그냥 어른이 되는 게 아니라는 사실만 분명히 배웠다. 이 같은 앎 속에서 믿을만한 어른이 되기 위해 최소한 내가 한 말과 행동에는 책임지고자 애쓰는 것이다.

확신에 찬 중년들

SNS에는 똑 부러지게 말 잘하는 중년들이 참 많다. 살아온 경험을 바탕으로 확신에 찬 자기주장을 아무 눈치도 보지 않고 자신 있게 내놓는다. 부럽기도 하고 놀랍기도 하고.

나는 뭔가를 단정 짓는 표현이 부담스럽다. 내 생각이 100% 옳을까 하는 의심이 들기 때문이다. 여지를 두고 싶은 마음이 있다.

예를 들면 젊은 친구들이 진로에 관해 물어올 때 대부분의 성공한 중년들은 한결같이 "하고 싶은 일에 제대로 한 번 미쳐 보라."고 이야기한다. 맞는 말이지만 그게 또 전부는 아니다.

나는 연극에 미쳐서 20년 가까이 살아왔지만 세상이 말하는 그런 성공은 이루지 못했다. 미쳐서 열심히 하는 것 자체는 즐겁고 좋은 일이지만 그것이 반드시 원하는 결과로 이어진다고는 말하지 못하겠다. 그런데 이런 이야기는 인기가 없다. 왜냐하면 한마디로 아무것도 장담하지 못하기 때문이다. 나 같은 사람은 "인생에는 확실한 게 아무것도 없다."고 말하고 있는 거니까.

최근에 쓴 글에 대해 '여성의 삶에 대한 방향성'이 좀 더 분명하게 제시되었으면 한다는 코멘트를 받았다. 쓸쓸하다. 내가 제시하는 방향은 과연 맞는 방향일까? 나는 방향을 제시하기보단 질문을 던지고 싶었던 건데. 당신은 어떻게 생각하느냐고 말이다. "그리고 삶의 방향 같은 건 원래 스스로 생각해야 하는 거 아닌가?" 이런 볼멘소리가 속에서 올라오려는데 픽- 웃음이 났다. 한때는 나도 주장이 강하기로는 어디 가서 절대 지는 법이 없었다. 확신에 찬 목소리로 사람과 세상이 나아가야 할 바에 대해 떠들곤 했다. 오죽하면 주변 모두가 나더러 국회로 가라고 했을까. 그땐 젊었고 실패를 몰랐다. 쓴 물을 연거푸 마셔가며 이 나이가 되었고, 덕분에 삶의 아이러니를 온몸으로 깨달았다. 입이 쏙 들어갈 만큼.

취향

나이 들면서 싫어하는 게 점점 줄고 있다.

어렸을 때는 도저히 용납할 수 없었던 것들:

빨간색, 꽃무늬, 호피 무늬, 레이스, 엔틱 가구, 대리석,

블링블링한 모든 것, 체크 무늬 등등

질색하는 게 많았는데 이젠 다 좋다.

특히 호피 무늬가 이렇게 좋아질 줄이야.

아직 조금 거부감이 드는 건 뱀 무늬 정도?

이렇게 다 좋아한다고 취향이 무뎌졌다고 하면 곤란하다.

모든 것의 쓸모를 이해할 만큼

다양한 육체, 정신적 조건을 경험했다고 해두자.

그래서 사람이 좀 넉넉해졌다고.

스펙트럼이 확장된 거라고.

즐길 수 있는 게 더 많아졌다고.

무엇보다 취향이 다르다고 사람을 밀어내는 일이

크게 줄었다는 게 중요하다.

처세는 어려워

젊은 시절, 사람과 관계를 맺는 것이 어려웠던 나는
이 문제가 나이를 먹으면 어느 정도 해결될 거라는
막연한 믿음을 갖고 있었다.

경험이 늘다 보면 처세술이 길러질 거라는 믿음.
나이를 먹으면 주변머리도 좋아질 거라는 믿음.
그런데 나이를 먹는 것에 비례해서 관계의 기술이
향상될 거라는 이런 믿음은 나이를 먹으면 먹을수록
더 무참하게 깨지면서 나에게 자괴감만 안겨주었다.

어떤 때는 무리에 섞이지 못하고 꿔다 놓은 보릿자루마냥
어정쩡하게 자리만 차지하고 있는 거 같고,
다른 때는 지나치게 쾌활한 태도로 어울리려 애를 쓰다
제풀에 지쳐서 우울해지고.

하지 않아도 될 말을 했다는 생각이 드는 날이면
상대방이 나를 오해할까 봐 전전긍긍.
게다가 이제는 나이까지 먹어서 나잇값도 못 한다는
질책을 받을 위험마저 덤으로 얻었다.

처세에 약해서 출세를 못 했다는 생각에
억울했던 때도 있었으나 그것도 잠시.
이쯤 되고 보니 처세에 능한 것도 재능이라
타고 나야 하는 것이 아닌가 싶다.
그러니 무리하지 말자고 스스로를 다독인다.
할 말을 찾지 못하겠거든 그냥 가만히 있자고,
그럴 때는 그저 다른 사람들의 말을 주의 깊게 듣는데
집중하자고 마음을 다잡는다.

충만하게 살자구나

개발과 성장 시대의 아이였던 나는 자연스럽게 인생은 도전하는 것이라는 생각 속에 자랐다. 그렇게 살아와서 그런지 원하는 것을 성취하지 못하면 그것이 곧 삶의 실패라고 규정하면서 스스로에게 상처를 입히지 않았나 생각한다. 노력해도 안 되는 것이 있다는 것을 도저히 받아들일 수 없던 때가 있었다. 그러나 인생의 수식은 그렇게 단순한 게 아니었다.

결국 인생은 가치관의 문제다. 무엇 때문에 사는가? 나는 아직 내가 원하는 정도의 예술적 성취를 이루지 못했다. 내 평생의 숙제가 될 테지만 이제는 예전처럼 결과에 연연하지 않는다. 명문대생이 되기 위해, 연출가가 되기 위해, 무엇이 되기 위해 나는 옆도 뒤도 보지 않고 달려왔고, 그 결과 삶도 자아도 빈약해지고 말았다. 어느 순간 내가 꿈의 주인이 아니라 꿈이 나의 주인이 되어 나를 부렸다. 그런데 꿈은 가슴 뛰는 삶을 살기 위해 품는 것 아닌가? 꿈이 갚아야 할 부채처럼 느껴질 때 그 꿈은 더 이상 꿈이 아니다.

　나는 내 딸이 꿈의 노예가 아니라 주인으로 살길 바란다. 꿈을 꾸며 걸어가는 그 길 위에서 하늘도 보고, 땅도 보고, 길가에 핀 작은 꽃 한 송이에 감동할 수 있는 사람이길 바란다.
　노력이 반드시 성취로 이어지지 않아도 그 과정에서 최선을 다했고 그러면서 즐거웠으면 그걸로 만족할 수 있고, 거기서 또 새로운 가능성을 계속 발견할 수 있는, 그렇게 매 순간을 누리는 사람, 순간순간 행복과 가치를 발견하는 사람으로 자랐으면 좋겠다.
　경주마처럼 살지 않기를, 노력이라는 미명하에 앞만 보고 달리느라 인생을 허비하지 않기를 바란다.
　나는 습관처럼 '성공'에 현혹되어 왔다. 남은 인생은 딸에게 본이 될 만큼 충만하게 살겠다.

현모양처

스무 살 무렵에는 상상도 할 수 없었던 나이 마흔. 그 마흔을 앞두고 나는 대학 친구인 송을 자주 떠올렸다. 소위 사자머리라고 부르는 당시로써는 파격적인 히피 펌을 하고, 딱 달라붙는 청바지를 입은 다리가 늘씬하니 너무 예뻤던 내 친구.

따사롭게 햇살 빛나던 어느 봄날, 우리는 몇몇 친구들과 함께 잔디마당에 앉아 공강 시간의 망중한을 즐기고 있었는데 아마도 미래의 꿈에 관해 이야기를 나누고 있었던 모양이다.

X세대인 우리는 자유롭게 꿈을 꾸어도 되는 청춘이었다. 모두 하고 싶은 일을 말하는 데 주저함이 없었고, 그렇게 공개된 꿈들은 하나같이 원대했다. 그때 송이 갑자기 "마흔이 되면 죽어버릴 거야!"라고 외치며 잔디밭으로 풀썩 드러누웠다. 그 모습이 마치 CF의 한 장면 같이 멋져 강렬하게 뇌리에 남았다. 모두가 그런 송을 보며 웃었다. 젊음에 도취해 있었던 우리는 맘만 먹으면 산도 옮길 수 있을 것처럼 거침없이 말하고 행동

했다. 청춘의 착각이었지만 그 덕분에 신나게 살았다. 외로워도 힘차게 외로워하고, 슬퍼도 힘차게 슬퍼했다.

그날 그 잔디밭에는 희라는 이름의 동기도 있었는데 과 친구들과 잘 섞이지 못하고 미묘하게 겉도는 아이였다. 그 애가 어떻게 그 자리에 합석했는지는 기억나지 않는다. 자기 차례가 되었을 때 "내 꿈은 현모양처가 되는 거야."라고 말하는 바람에 한없이 고조되었던 분위기가 한순간에 싸늘해졌던 기억만 선명하다. 아무도 의식하지는 않았지만 현모양처는 꿈이 될 수 없었다. 우리들은 겨우 현모양처가 되려고 대학에 온 것이 아니었다. 희는 그저 솔직하게 자기 꿈을 말했을 뿐인데 아이들은 모욕감을 느꼈고, 그날 이후로 과 친구들 사이에서 '좀 이상한 애'로 통했다.

그로부터 10년 뒤, 사법고시를 준비하던 송은 결혼했고 남편과 함께 마닐라로 떠났다. 송의 남편이 필리핀에서 사업을 하고 싶어 했다. 그리고 나는 뉴욕으로 유학을 떠났다. 타지에서 맞이한 서른은 혹독했다. 공부는 어려웠고, 뉴요커들은 차가웠다. 사람이 꿈을 이루어도 행복하지 않을 수 있다는 사실에 충격을 받아 휘청거리며 어떻게든 중심을 잡아보려고 무진

애를 쓰는 나날이었다. 송도 그랬겠지. 틀림없이 그랬을 거다. 유학 생활도, 결혼 생활도, 낭만적인 기대와는 전혀 다르니까. "삶이 그대를 속일지라도 노여워하지 말라."는 푸시킨의 시구절이 뼛속까지 사무치는 날들이었다.

그러던 어느 날, 뜻밖에 희에게서 연락이 왔다. 자기는 결혼해서 뉴저지에 살고 있고 만나고 싶다며 싸이월드를 통해서 메시지를 보낸 것이다. 며칠 뒤 우리는 소호의 한 레스토랑에서 만났다. 레이스 소재의 핑크색 H라인 원피스를 입고 머리를 단정히 틀어 올린 그 애는 우아한 미시의 전형적인 모습으로 내 앞에 나타났다. '역시!'라는 생각에 웃음이 나왔다. 그 무렵 나는 뉴욕의 살인적인 더위와 공부에 지쳐 늘 얼이 좀 빠져있었는데 그 애는 그런 나를 보고 연신 "멋있다."고 했다. 도대체 내 어디가 멋있다는 건지 이해할 수 없었지만 그런 걸 따지고 있을 때가 아니었다. 타향살이의 설움에 지쳐있던 나는 근 십 년 만에 만난 아는 얼굴이 그저 반가웠고, 그 애 역시 말 상대가 고팠는지 지난 시간 동안 자신이 어떻게 살았는지 내게 열심히 설명했다.

희는 원하던 대로 현모양처가 되었다. 성악을 공부하는 남편의 유학 생활을 뒷바라지하면서 두 아들을 키우고 있었다.

미국 생활이 본인에게 잘 맞고, 한인교회 사람들과 가족처럼 지낸다고 했다. 넉넉한 형편에 별 걱정거리 없이 지내고 있지만 조금 심심하다고 했던 기억이 난다. 그런 희 앞에서 공부가 상상했던 것보다 너무 힘들고, 미국인 학과 동기들은 욕이 나올 만큼 싸가지가 없다는 말을 솔직히 털어놓을 수는 없었다. 이런 내 속도 모르고 희는 "네가 꿈을 이룰 줄 알았다."며 웃었다. 자신과는 다른 삶을 사는 것처럼 보이는 나에 대한 막연한 동경과 부러움에 축하가 섞인 웃음이었다. 자기 삶에 자부심을 가진 사람만의 건강한 질투였다. "너도 좋아 보여."라고 말하자 고개를 끄덕였다. 그 후로 우린 다시는 만나지 못했다. 피차 호기심의 대상이었을 뿐 삶을 나눌 사이는 아니었던 것이다.

다시 10년이 지났고, 마흔이 되었으나 송은 죽지 않았다. 열 살, 일곱 살인 두 아들을 키우느라 죽을 틈조차 없을 터였다. 내게는 이제 겨우 30개월 된 딸이 있었다. 아이들 방학을 맞아 잠시 한국에 들어온 송에게 "안 죽고 살아있네?"하고 농을 걸었더니 무슨 말인지 알아듣지 못했다. 내가 설명을 하자 뭘 그런 걸 기억하고 있냐는 듯 멋쩍게 웃을 뿐이었다. 수년 만에 만난 우리는 애들과 남편에 대해 한참을 떠들고 나니 더 할 말이 없었다. 잠깐의 침묵이 흐르는 사이에 송은 핸드백에서 복주머니 하나를 꺼냈다. 그 안에는 담배가 들어있었다. 송의 두 아들과 남편은 모르는 작은 비밀. 남편은 출근하고, 아들들은 학교에 가고, 그렇게 혼자 집에 남아 하루 종일 쓸고 닦다가 지칠 때면 한 대씩 꺼내 피웠겠지. 말도 잘 안 통하는 타지에서 담배가 하루의 피로와 쓸쓸함을 나눌 벗이 되었겠지. 우리는 그렇게 현모양처 아닌 현모양처가 되어있었다.

송이 말없이 건네는 담배 한 개비를 받아들고 나란히 피우는데 느닷없이 희가 떠올랐다. '결국, 이렇게 될 거면서 그때 그렇게 그 애를 비웃었나?'하는 생각이 들었지만 송에겐 말하지 않았다. 아무것도 잘못된 것은 없다. 우리는 자식을 잘 키우고 싶고 남편에게 좋은 배우자가 되고 싶으니 현모양처를 꿈꾸는 거라 말해도 틀린 말은 아니다. 하지만 마흔의 삶이 이런 모습이라는 것에 느끼는 실망감은 어떻게 해도 감춰지지지 않았다. 그렇다면 우리는 무엇이어야 할까. 모르겠다. 모르지만, 이게 전부일 수는 없다고 생각하는 것이다.

그녀들의 문신

출산한 지 2년이 지났는데도 쉽게 사라지지 않는 산후통을 다스릴 목적으로 요가를 시작한 지 일 년, 요가학원에 가면 종종 마주치는 얼굴들이 있다. 탈의실에서 하는 이야길 무심코 듣자면 그들은 중고등학생 자녀를 둔 보통의 엄마들이요, 식당이나 가게를 운영하는 사장님들이고, 치과나 한의원 등 병원에 다닌다는 이야길 자주 하는 것으로 보아 나이 들면서 여기저기 아픈 데가 많아지는 보통의 중년 여성들이다.

40대 후반에서 50대 초반의 언니들인 거 같은데 벌써 수년째 열심히 요가를 하고 있다니 끈기 있는 사람들임이 틀림없다. 그들이 은은하게 발산하는 건강한 에너지, 바쁜 와중에도 자기만의 시간을 성실하게 챙겨내는 그런 모습이 참 좋더라. 주부이자 생활인으로서의 일상에 먼지처럼 쌓이는 스트레스를 운동으로 풀고, 또 마음 맞는 동네 친구들과 수다로 풀어내면서 자신을 지켜나가는 것이다.

최근에 나는 이 중년의 언니들에게서 전에는 보지 못했던 문신을 발견하고 혼자 조금 흥분했다. 어떤 이는 발목에, 어떤 이는 날개 죽지 옆에, 또 어떤 이는 팔뚝에. 오래전부터 있었던 거 같은데 그동안 보지 못하고 있었던 거다. '왜 못 봤지?' 생각하는 데 요가하는 동안엔 동작을 따라 하느라 누굴 쳐다볼 여유도 없고, 샤워할 때는 다른 사람의 몸을 괜히 쳐다볼 필요가 없어서 당사자가 문신을 보여주지 않는 한 보지 못한 게 당연했다. 그러다가 한 사람이 바로 내 앞에서 요가를 하길래 보게 되었고, 다른 이가 바로 내 뒤에서 요가를 하길래 보게 되었다. 작고, 예쁜, 그리고 은밀한 그 문신을.

화장기 없는 그들의 맨얼굴만 봤을 때는 도무지 문신과 그들 사이에 어떤 연관성도 상상할 수 없었는데 정말 의외였다. 한 번 문신이 눈에 띄자 나도 모르게 계속 훔쳐보게 되었다. 마치 다음에 보면 문신이 없어지기라도 할 것 같은 기분이 들어 자꾸만 보고 싶었다. 나는 예전부터 문신에 관심이 많았고, 꼭 한번 해보고 싶었지만 바늘이 살을 뚫는 아픔을 참을 자신이 없어서 결국 포기했다. 나보다 어린 사람들이 문신한 건 자주 봤어도 나보다 나이가 많은 여자들이 문신한 건 처음 보기에 더욱 흥미로웠고 동경심이 샘솟았다.

나비나 꽃, 그리고 뜻 모를 글귀들. 그 문신은 그들에게 어떤 의미일까? 평범한 중년의 아줌마들이 옷을 입고 신발을 신었을 때는 보이지도 않을 곳에 문신이 있다니! 어쩐지 너무 귀엽고 사랑스럽게 느껴졌다. 저래 보여도 왕년에 좀 놀았던 건가 하는 장난스러운 생각도 들었다.

겁이 많은 나는 여름에 스티커 문신으로 발목이나 손목을 꾸며본 것이 전부지만 그 와중에도 문신 모양을 신중히 고르곤 했다. 그 작은 문양이 내 영혼의 주제를 상징하는 것 같게 느껴지기 때문이다. 마찬가지로 그들에게도 그 작은 문신은 나름의 작은 상징이 아닐까? 엄마라는 이름으로, 아줌마라는 이름으로, 한 시루에 들어 있는 콩나물처럼 퉁 쳐지는 일이 다반사지만 거기에 눌리지 않고 "나는 나!"라고 말하는 소리 없는 외침 같은 것.

문신을 발견한 후로 인사 한번 제대로 나눠본 적이 없는 그들이 더욱 친근하게 느껴졌다. 난 이런 여자들이 좋다. 자기 자신에게 충실함으로써 일상을 건강하게 살아내는.

이면

사람의 인생에 '이면'이 있다는 걸 전혀 상상하지 못하는 사람은 미성숙한 사람이라고 생각한다.

'가질 거 다 가진 사람이 왜 슬퍼?'라든지,

가난한 사람은 모두 착할 거라는 식의 이야기를 듣고 있으면 머리가 하얘진다.

인생의 신비와 재미있는 이야기는 모두 이면에 바탕을 둔다.

이면 없이는 드라마가 생길 수 없다.

살다 보면 사람을 몇 마디로 단정 지어 소개해야 하는 상황을 자주 만난다. 그럴 때라도 늘 그게 전부는 아니라는 마음을 갖고 있어야 한다.

우리의 뒤통수를 치고 아연실색하게 하는 건 이면이다.

행복은 성적순이던가요?

　이사하고, 일이 바빠지면서 다니던 요가 학원과 스케줄이 맞지 않아 헬스로 종목을 바꾸게 되었다. 헬스장은 요가 학원보다 규모가 커서 출입하는 사람이 훨씬 많고, 샤워실과 탈의실도 그만큼 크다. 운동과 샤워를 마친 여자들은 탈의실에서 한시도 쉬지 않고 수다를 떤다. 일부러 들으려고 애쓰지 않아도 저절로 귓속으로 들어오는 그들의 이야기는 대체로 자녀 교육에 관한 이야기들이다. 로션 바르고, 머리 말리고, 옷 입고하는 30 여분의 시간. 초중고를 다니는 자녀를 둔 엄마들은 애들 학업 이야기로 시간 가는 줄을 모른다.

　덕분에 나도 최근에 바뀐 교과과정에 대해서도 알게 되었고, 입시 정보도 알게 되었고, 동네 학원에 대한 정보, 과외에 대한 팁도 많이 주워들었는데, 그렇게 두어 달 엄마들의 교육에 관한 이야기를 본의 아니게 엿듣다 보니 이런저런 생각이 많아지면서 마음이 좀 복잡해졌다. 엄마들의 관심사가 오로지

'자녀들의 성적'에만 있다는 생각이 들면서 만나면 할 이야기가 그것밖에 없는가, 어째서 엄마들은 자신이 최근에 읽은 책이라든가, 근래 좋아하게 된 음악이라든가, 그런 이야기는 할 수 없을까 의아해졌다.

매일매일 하루도 빠짐없이 업데이트되는 '학업'에 관한 정보라니. 정말 수많은 엄마의 뜨거운 열정과 헌신이 아이들의 성적 관리에 쏟아지는 것을 느끼면서 저것이 다가올 나의 미래인가, 나라고 피할 수 있을 것인가 하는 생각에 아찔한 느낌마저 들었다.

최근엔 잠실에 사는 친구가 말끝마다 "잠실 엄마들은… ", "잠실 엄마들 알잖아." 하면서 동네 엄마들의 교육 트렌드를 이야기하는데 요지는 중학생만 되면 2호선 라인에 있는 대학에 갈 수 있는지 없는지 결정된다는 거였다. 한 수 더 떠서 강남에 사는 친구는 내가 유치원 입학 문제로 고민하는 걸 보면서 유치원 때 어느 대학에 갈 수 있는지가 결정된다고 하는 사람들도 있다고 전했다.

사람의 인생이 그렇게 일찌감치 정해진다는 믿음의 토양 위에서 유치원부터 시작해서 대학까지 이어지는 약 15년의 세월 동안 아이들이 어떤 하루하루를 보내고 있겠는가? 경쟁과 학업 스트레스가 심해서 요즘은 소아청소년 정신과가 문전성시를 이루고, 왕따 문제도 그것과 무관하지 않다고 하는데 이미 한참 전에 적정선을 초과한 이 교육열을 어쩌면 좋을까.

정작 대학들은 급격한 인구감소에 따른 미래의 입학 정원 미달을 염려하며 대책을 찾고 있는데 과연 내 딸이 15년 뒤에 갈 대학이 없을지 궁금하다. 또 대학이 다 같은 대학이냐 명문대를 가야지 한다면, 그렇지? 이왕 갈 거면 더 좋은 대학을 가야 하니까 경쟁은 피할 수 없겠다는 생각도 들고…. 그러다가 그때에도 대학은 꼭 가야 하는 곳일까 하는 원론적인 질문으로 돌아오고, 이렇게 내 마음도 귀도 가볍게 나풀거리며 방향 없이 사방으로 흔들린다. 정말 이렇게 사는 방법밖에 없는지 가슴 한편이 답답하다.

헬스장의 엄마들과 나는 대부분 영화《행복은 성적순이 아니잖아요》를 보고 자랐다. 1989년에 개봉되어 전대미문의 인기를 끌고 핫 이슈가 되었던 그 영화에서 주인공인 고등학생 은주는 성적 스트레스로 자살하고 만다. "행복은 성적순이 아니잖아요."라는 유서를 남기고. 은주의 엄마 역할로 나왔던 배우 정혜선 선생님이 얼마나 표독하고 무서웠던지 어린 마음에

저 사람이 우리 엄마가 아니라서 정말 다행이라고 생각했던 기억이 난다.

주인공 은주 역할을 맡았던 배우 이미연은 1971년생으로 지금 44살이다. 44살은 흔히들 적령기라고 하는 때에 결혼했으면 지금은 중고등학생 자녀를 둔 학부모가 되었을 나이다. 헬스장의 엄마들이 바로 이 또래겠지. 《행복은 성적순이 아니잖아요》를 보고 공감하며 자란 바로 그 세대인데, 그랬던 우리가 기성세대가 된 것이다. 행복은 성적순이 아니라고 했던 우리가 자식들에게 행복은 성적순이라고 말하게 된 현실을 나는 어떻게 받아들여야 할지 모르겠다. 우리 부모 세대보다 더 강력해진 엄마들의 교육열과 학원 스케줄로 빈틈 없이 짜인 아이들의 일상을 어떻게 이해해야 할까.

"살아보니, 역시 행복은 성적순이던가요?"

외환위기를 겪으며 취업 전쟁을 치렀고, 정규직/비정규직과 같은 고용불안의 시대를 사는 지금, 그럴듯한 대학 졸업장 없이는 취직이 어려운 게 뻔한 데 애들한테 공부를 안 시킬 수 있겠냐는 외침에 나라고 무슨 뾰족한 수가 있겠나? 지금 당장 모두를 만족시킬 수 있는 대안을 제시할 수는 없지만 그래도 우리가 다 같이 무슨 방법을 찾아야 하는 건 아니냐고 반문하고 싶다. 모든 것이 사랑하는 자식들에게 행복한 미래를 주기 위한 마음에서 비롯된 것일 텐데 우리가 원했고, 지금도 바라고 있는 '행복'은 무엇인지 거듭 생각하는 요즘이다.

엄마들의 호칭

관계에 있어 상대방을 적절한 호칭으로 부르는 것은 정말 중요하다. 호칭은 대체로 조직이나 모임 내에서의 서열을 구분하는 표지 역할을 한다. 그래서 예민하다. 호칭 문제를 가장 예민하게 경험하는 시기는 학창 시절이 아닐까? 중고등학교는 물론이고 학번에 따라 엄격하게 선후배를 구분하는 대학문화를 생각해봐도 그렇다. 입학 순서, 입사 순서, 직급에 따른 직함이 명확한 조직에서는 상대방을 어찌 불러야 할까 고민할 일이 별로 없다. 정해진 대로 실수 없이 부르면 그만이니.

그런데 아줌마가 되고 보니, 아니 더 정확하게 학부모가 되고 보니 이게 좀 애매할 때가 있다. 보통은 서로를 아이 이름 뒤에 '엄마'를 붙여 '누구 엄마' 이런 식으로 부르곤 하는데 아이의 나이가 같다고 엄마들 나이도 같지는 않은 법. 가끔 불쾌하거나 당황스러운 경우가 생기기도 한다.

평소 대화를 나눌 때는 서로를 부를 일 없이 피차 존댓말로 이야기하니까 별 어색함을 못 느끼지만, 최근에 여러 엄마 사이에서 날 구별하느라 한 엄마가 내게 "재아 엄마!"하고 부르는 순간 기분이 좀 묘했다. 그 엄마는 나보다 열 살 넘게 어리다. 내가 재아 엄마니까 그리 부르는 게 맞긴 한데 왠지 부당한 일을 당한 것 같은 억울한 느낌이 들었다.

예전에 친구에게 들은 이야기가 생각났다. 나보다 삼 년 먼저 학부모가 된 친구가 유치원 엄마 모임에서 벌어지는 일들에 대해 수다를 떨 때였다.

자기는 그 모임에서 나이가 중간 정도인데 가장 나이 많은 분과 어린 사람이 5살 정도 차이가 난다고 했다. 알고 보니 이들은 우연히도 다 같은 대학 출신이라 선후배 사이이기도 한데 애들 키우면서 알게 된 사이에 '선배님'이라고 부르기도 어색하고, 그렇다고 뻔히 알면서 그냥 '누구 엄마'라고 부를 수도 없고 해서 망설이다가 그냥 '언니'라고 불렀단다. 그런데 그 모임의 막내인 사람이 그 연장자에게 꼬박꼬박 '누구 엄마'라고 불러서 그분이 몹시 약 올라 한다고 했다.

아직 두 돌 난 아이를 키우고 있던 나는 이런 이야기가 다

먼 나라 이웃 나라 이야기로 들려서 그냥 좀 애매하겠네 하고 넘겼는데 막상 내 일로 다가오니 어렵기는 나도 마찬가지. 하지만 친구도 고백했듯이 나이가 많다고 '언니'라고 부르기란 어려운 일이다. '언니'라는 호칭은 심리적 거리가 가까운 사람 사이에서 가능하니까. 부르는 사람도 오글거릴 수 있지만 듣는 사람 입장에서도 갑자기 동생이 생기는 게 부담스러울 수 있기 때문이다.

그렇다고 또래 아이를 키우는 엄마들끼리 나이 많은 사람만 '누구 어머니'라고 부르는 건 더 이상하다. 나이 많다고 놀리는 것 같기도 하고, '어머니', '어머님'이란 호칭은 주로 선생님이나 방문 판매원들이 쓰는 호칭 아닌가. 그러니까 '누구 엄마'와 '언니' 사이의 중간 정도 되는 호칭이 절실한데......, 없다.

다시 내 이야기로 돌아와서 나는 뭘 바랐던 걸까 생각해보니 이리 머리를 굴리고, 저리 머리를 굴려도 결국엔 나이 좀 많다고 대우받고 싶었던 거 아닌가 하는 생각이 들어 '으아, 그건 아니다.' 싶더라. 사실 나 역시도 '언니'라며 가까이 다가오는 건 부담스럽고, 학부모들 사이엔 적당한 거리가 필요하다고 느끼지 않나? 또 그 엄마 입장에서 생각해봐도 언니라고 불렀다가 내가 부담스러워하는 모습을 보는 건 불편할 것 같다. 그리고 보니 나도 나보다 나이 많은 같은 반 엄마를 어떻게 불러야 할지 몰라서 엉겁결에 "언니라고 부르는 게 좋겠죠?" 했다가 그 엄마가 당황한 미소로 마지못해 "그러세요." 하는 걸 경험한 적이 있다. 결국, 호칭은 언니로 부르고 있지만 서로 존댓말을 쓰며 지내고 있다.

어렵다, 호칭. 나이 든 사람이나 어린 사람이나 어렵기는 마찬가지니 학부모들끼리 호칭 가지고 상대가 날 존중하네, 안 하네, 내가 더 나이가 많은데, 이런 생각은 안 하는 게 좋겠다. 달리 부를 말이 없으니 말이다. 친구가 이 문제를 친정엄마에게 물었더니 그럴 땐 '형님'이라고 부르라 하셨단다. 그 말을 듣고 웃음이 빵 터졌다. 확실히 헬스클럽에 가 봐도 그렇고 친정엄마를 봐도 그렇고 조금 연세가 있으신 분들은 서로 형님이라고 하시더라 만은 조폭 영화가 연상될 뿐 입에 전혀 붙질 않는다. 역시 그 엄마가 날 '재아 엄마'라고 부르는 게 맞다. 그렇게 동등하게 나란히 서는 것이 서로에게 좋다.

최악의 브런치

엄마들에게 브런치 타임은 소중하다. 아이들 스케줄에 맞추어 움직여야 하니, 누군가를 만나려면 오전 11시 사이에서 오후 1시가 부담 없고 여유롭다. 이 시간에 브런치 카페나 레스토랑에 가보면 엄마 사람들로 가득하다. 친한 친구를 만나기도 하고, 학부모들을 만나기도 하고, 신앙생활이나 취미생활을 함께 하는 사람들을 만나기도 한다. 수다에 몰두하는 여자들을 보다 보면 여러 인생의 희로애락이 한데 뿜어내는 삶의 에너지에, 그 역동성에 희한한 감상에 사로잡히게 되는데 뭐랄까, '어쨌든 우리는 살아있구나!' 하는 느낌?

흥미로운 점은 이 브런치 타임이 야누스의 얼굴처럼 누구를 만나 무슨 이야길 나누느냐에 따라 그 뒷맛이 전혀 다르다는 것이다. 연휴를 앞두고 두 친구와 브런치 타임을 가졌다. 고등학교, 대학교 동창인 우리는 아주 오래된 사이로 긴 시간 서로의 우여곡절을 지켜보았다. 졸업 후 서로의 진로가 달라지고, 또 결혼과 출산의 시기가 달라지면서 만남이 뜸해지긴 했지만 꾸준히 연락해왔고, 다들 아이들이 좀 커서 여유가 생기자 전보다 자주 보게 되었다. 그런데 언제부턴가 이 친구들을 만나는 게 불편하다. 이런저런 핑계로 만남을 차일피일 미루면서도 오랜 친구들에게 마음의 거리를 두는 것이 미안하고 답답했다.

만나기로 한 아침, 약속한 시간 보다 늦게 장소에 도착했다. 아이가 평소보다 늦게 등원했고, 연휴를 앞두고 도로 사정도 좋지 않았지만 조금이라도 함께 하는 시간을 줄이고 싶은 마음에 서두르려 애쓰지 않은 것이 작용했으리라. 또한 둘만 만나는 것이 아니라 셋이 만나는 자리였기에 가능한 늑장이기도 했다.

우리가 만난 두 시간가량 나는 대치동 수학학원과 고등학교, 대학교 입시정보에 대해 들었고, 전혀 알지도 못하는 어떤 엄마에 대한 험담을 들어야 했다. 그것뿐이었다. 그 시간 동안 내가 말한 시간은 10분이나 될까. 쉴 새 없이 터져 나오는 이야기에 나중엔 정말로 두통이 일더라. 본인들은 다른 엄마들에 비하면 많이 시키는 것이 아니라면서 (실제로 그렇기도 하다.) 그리고 그렇게까지는 못한다고 하면서도 (나름 주관이 있다고 스스로 믿기에) 관심은 온통 주변 엄마들이 어떻게 애들을 교육하는지에 쏠려 있었다.

이날 나도 모르는 한 엄마가 도마 위에 올랐다. 초등학교 2학년인 내 친구 딸의 친구의 엄마였다. 애들끼리 친해서 엄마들도 가까워진 경우인데 그 여자는 본인도 책을 엄청나게 많이 읽고 공부하며 애들 교육도 마스터플랜을 짜놓고 착착 진행시켜서 이제 아홉 살인 딸 아이가 영어, 중국어, 스페인어를 구사하고, 학업 성취도도 아주 우수하단다. 음악도, 미술도, 체육도 다 잘한다고. 그 엄마는 모든 교육 정보를 손에 쥐고 있고, 매사 계획대로 착실히 진행한다고 했다. 칭찬인지 비난인지 둘 다인지 알 듯 모를 듯한 뉘앙스로 이야기를 이어가는 친구의 모습에서 내가 본 것은 '혼란'이었다.

요지는 이 동네에서 자기처럼 안 시키는 엄마는 없다는 건데 말끝마다 "네가 여기 안 살아서 모른다."고 하는 것도 웃기고, 아직 5살짜리 유치원생 아이를 키우는 나에게 초등교육 및 엄마 생활의 꿀팁이라도 알려주는 양 가르치려는 태도도 어이가 없는데 친구는 무어라 대꾸를 할 시간도 주지 않고 뭐에 쓰인 사람처럼 떠들었다. 말하는 건 친구인데 내가 다 숨이 찼다.

그렇게 자신과 잘 맞지 않는 곳에서 왜 무리한 전세비를 치르면서 살고 있는지 묻고 싶지도 않다. 차라리 경제적으로 부담이 돼서 다 시킬 수가 없다고 말했다면 허심탄회한 대화가 되었으려나? 무엇보다 도대체 나는 왜 만나자고 한 건지 알 수가 없다. 내가 어떻게 지내는지, 무슨 생각을 하는지는 전혀 관심도 없으면서 그저 자기 이야기를 들어 달라 부른 걸까? 내가 없어도 그만인 모임인 것을. 한 마디로 만남이 습관적인 관행처럼 되었다는 뜻이리라.

이 만남에서 가장 부끄러웠던 순간은 친구가 그 완벽한(?) 엄마를 세상에 하나뿐인 대단한 엄마인 양 주장할 때였다. 내가 그런 엄마는 어느 동네에나 한 명 이상 있다고 말하자, 친구는 아니라며 그 정도인 사람은 없다고 했다. 세상에… 어느 동네에나 학부모들의 마음에 파란을 일으키는 신화 같은 존재가 있기 마련이니, 마스터플랜대로 아이를 이끌어서 특목고나 서울대에 입학시킨 사례는 셀 수도 없다. 진심으로 친구가 한심스러워 보였다.

친구가 느끼는 혼란을 어느 정도는 이해한다. 중심을 잡으려고 나름 치열한 과정을 겪고 있는 중이리라 생각한다. 내가 힘들었던 것은 대화가 일방적이라는 것이다. "너는 아직 애가 어려서 몰라."라는 전제하에 진행되는 일방적인 대화는 사실 대화가 아니다. 거기에는 그저 '과시'만 있을 뿐이다. 내가 너보다 교육에 관해서는 더 많이 안다는, 내가 너보다 나은(?) 동네에 산다는 (그러니까 아파트값이 더 비싼), 그래서 이런 고민도 하게 되는 거라는.

자기 생각이 옳다고 확실히 믿는 사람에게는 어떤 충고나 조언도 통하지 않고, 사실이나 현상의 이면을 제시해도 보이지 않는 법. 가만히 듣기만 하다 보니 결국은 친구들이 믿는 대로 '잘 모르니까 열심히 듣는' 모양새가 되어버렸다. 말할 기회를 얻지도 못했고, 계속 듣다 보니 할 말도 없어졌다. 그 브런치 타임을 끝내고 돌아오는 길에 오래전에 지도 교수님이 자기 친구 교수를 두고 한 말씀이 떠올랐다.

"행복해지고 싶으면 말이지, K교수처럼 살면 돼."
"예? 그게 어떻게 사는 건데요?"
"K는 자기 좋은 자리에만 가잖아. 싫은 데는 절대로 안 가."

이제야 그 말씀이 이해가 간다. 의무적이거나 형식적인 자리를 요령껏 피하고 스스로가 즐거운 자리만 찾아가는 것도 삶의 지혜겠다. 사회생활이란 게 그렇게 되지만은 않지만 최대한 그러도록 노력하는 것이 자신의 행복도를 높이는 일일 것이다. 세상살이에 정답은 없다. 아이를 키우는 일도, 결혼생활도, 모두.

다만 명료하게 떠오르는 깨달음 하나는 '자기 욕망의 실체를 분명히 직시하는 것이 모든 움직임에 앞서야 한다는 것이다.' 의식 있는 엄마의 모습을 하고 있지만, 속으론 그 완벽한 엄마가 부러운 것은 아닌지, 까놓고 따라갈 수 없는 진짜 이유는 뭔지, 부러운 게 아니라 외로운 거라면 어째서 비슷한 무리를 찾을 생각을 안 하는 건지 묻고 싶었다. 이미 경직된 우리의 관계는 이런 평범한 물음조차 허용하지 않았지만.

당분간은 이 친구들을 만나지 않으려 한다. 액받이가 되고 싶지도 않을뿐더러 제일 큰 문제는 재미가 없다. 나는 즐겨보고 있는 《응답하라 1988》 이야기도 하고 싶었고, 새로 시작한 재봉틀 수업에 대해서도, 취미생활의 소중함에 대해서도 나누고 싶었다. 다행히도 내게는 이런 이야기를 나눌 수 있는 다른 친구들이 있다. 뒷맛 쌉쌀한 브런치 타임에서 얻은 한 가

지 기쁨은 놀랄 만큼 맛있는 커피를 마셨다는 것. 눈앞의 안개
가 걷히면 언제고 다시 만나 즐거운 시간을 나눌 수도 있겠지.
당분간은, 안녕!

무주에서

고등학교 동창인 핌은 내겐 정말 특별한 존재다. 이런 고백을 들으면 그 애는 멋쩍어하며 손사래를 치겠지만 그 애가 없었다면 내 학창 시절이 어떠했을지 나로서는 상상하기 힘들다. 우리는 수십 권의 노트를 주고받으며 거의 날마다 서로에게 편지를 쓰거나 일기를 쓰거나 많은 말들을 적어 나누었는데 핌의 문장력과 서체에 늘 감동하고 부러워하며 닮고 싶어 노력했었고, 그렇게 주고받은 글이 출구 없는 날들의 유일한 낙이자 큰 위로였다.

그 애는 이름도 참 잘 지었다. 내게도 몇 개의 닉네임을 지어줬는데 언제나 반에 최소 3명의 동명인이 있던 나에겐* 그게 얼마나 소중한 선물이었는지 모른다. 음악을 사랑하고 피아노를 자기 스타일로 멋지게 연주하는 핌은 언젠가 교회 지

---

* 이봄은 필명이고, 본명은 이지영이다.

하실에서 내게 〈종이비행기〉를 연주해주었는데 그 단순한 동
요가 그 애의 편곡으로 놀랄 만큼 세련된 재즈풍의 선율로 변
하는 것을 들으며 속으로 전율했던 기억은 아직도 생생하다.
나는 핌을 사랑하고 무엇보다 동경하는 힘으로 그 시절을 견
뎠는지도 모르겠다. 우리는 결코 항시 붙어 다니는 단짝 친구
는 아니었지만 가까이 있으면서도 펜팔 친구 같은 거리를 유
지함으로써 우리 우정의 색깔을 만들어갔다. 이미 그때부터
그 애는 내 인생의 노스탤지어였다.

각자 대학에 진학한 후 우리는 서로에게 주어진 삶을 살아
내느라 자주 만나지는 못했지만 가끔 만날 때면 언제나 한결
같은 그 애 모습에 마음 깊이 안도하곤 했었다. 여러 가지 일
들이 우리에게 일어났고 지나갔지만 적어도 그 애는 나한테만
큼은 자기 자리를 지켜주었다. 그게 얼마나 고맙고 또 고마웠
는지…

핌이 뜻밖에 귀농하겠다고 했을 때 나는 놀랐지만 또 한편
무척 당연하게 여겨졌다. 왜 그런지 설명할 수는 없지만 그러
한 행보는 참으로 그 애답다고 할 수밖에. 처음 귀농하여 괴산
에 자리를 잡은 핌은 거기서 만난 목수와 결혼을 했다. 그리고
기묘하게도 우리는 같은 해에 아이를 낳았다. 핌은 사내아이

를, 나는 여자아이를. 그리고 우리는 5년 만에 만났다.

그 애가 자리 잡은 무주는 사면이 산으로 둘러싸인 곳으로 지난 몇 년간 여행이라곤 바다만 다녔던 나에게 무척 신선하고 신비롭게 느껴지는 곳이었다. 초록으로 눈을 씻어낸다는 유치한 표현이 내내 머릿속을 맴돌았다. 누가 무주를 시골이라 무시할 수 있겠는가? 산을 배경으로 둔 근사한 풀장도 있고, 시내로 나가면 홍대 카페들 버금가는 낭만적인 카페도 있다.

핌의 아들 갬이와 나의 딸내미는 낯가림도 잠시, 울다가 웃다가 잘 어울려 놀더라. 잔디밭에 풀어놓으니 강아지가 따로 없었다. 서로의 이름도 발음하기 어려워 엉뚱하게 부르는 다섯 살짜리들 때문에 얼마나 웃었는지. 우리가 어느새 나이를 먹어 이 아이들의 엄마가 되었다니! 핌과 나는 피차 상상도 못 했던 일을 눈앞의 현실로 마주하고 있었다. 애들은 얼마나 쉽게 친해졌는지 딸내미가 갬이랑 자기는 쌍둥이라고 하더라. 엄마들의 우정이 아이들에게로 자연스럽게 이어지길 소망해 본다.

핌의 남편이 지은 나무집에 도착했을 때 피아노가 거기 있는 걸 발견하고 기뻤다. 낮은 천장 아래서 피아노는 실제보다 더 크고 중요해 보였다. 오랜만에 핌의 연주를 듣고 싶었지만 애들 치다꺼리하느라 바쁜 와중에 차마 연주해달라고 할 수가 없었다. 몇 번이나 부탁해볼까 생각했지만 쉬지 않고 뛰어다니는 두 마리 강아지들 때문에 결국 포기했다. 하지만 인적 드문 시골 마을의 풍경 속으로 그 애의 연주가 퍼져나가는 상상을 하는 것만으로도 마음이 고요해졌다.

피아노는 아이들의 장난감을 대신하느라 바빴다. 건반 앞에 나란히 앉아있는 녀석들의 사진을 찍었는데 눈을 동그랗게 뜬 말간 얼굴이 너무 깜찍해서 "아이고 예뻐!"소리가 탄성처럼 절로 터졌다. 딱 요 시기, 다섯 살 나이에만 볼 수 있는 얼굴. 나중에 더 크면 바로 이 얼굴이 얼마나 그리울까. 오래도록 간직하고 싶은 순간이다. 무주에서의 이런 일상이 평소 즐겨보는 일본식 슬로 무비처럼 느껴졌다. 소박하지만 깊은 맛이 있는 나날들. 영화로 만들어서 간직하고 싶은 가만가만한 시간…….

무주는 푸르다. 활짝 핀 푸름의 여름날. 햇빛 속에 싱그러운 초록. 하지만 시골살이는 눈에 보이는 풍경이 전부가 아니다. 귀농, 다소 낭만적인 느낌을 주는 이 단어. 그러나 현실은 그리 녹록지가 않다. 핌은 아기 젖 먹이고 기저귀 갈던 시기가 끝난 지도 이미 오래인데 여전히 손목에 보호대를 차고 있었다. 그런데도 앓는 소리 한 번을 내지 않고 집안일도 밭일도 척척 툭툭 해냈다. 그 애의 육신을 고단하게 할 게 분명한 수많은 일거리를 헤아리며 나는 시골살이의 엄중함을 생각하지 않을 수 없었다. 안쓰러운 마음에 나름 위로한답시고 "여기서는 피톤치드를 많이 마시니 건강엔 좋잖아." 했더니 그 애는 "외로움이 피톤치드보다 세더라."라고 했다.

지난 5년의 세월을 함축하는 그 한마디 앞에서 나는 대답할 말을 찾지 못했다. 나도 핌도 자기가 선택한 삶을 살고 있기에 뭐라 불평하는 것조차 눈치 보이는 처지지만 그래도 다행인 건 우리가 그러한 삶 속에서 조금씩 무언가를 깨닫고 받아들이고 성장해가고 있다는 사실이다.

그 애는 자기가 키운 옥수수처럼 담백한 맛을 지닌 채 살아갈 것이다. 올해를 마지막으로 옥수수 농사를 내려놓는다고 하니 나로서는 아쉽지만 새로운 일을 시작하려는 그 애의 내일이 더 기대된다.

아이들이 자라서 글자를 쓸 수 있게 되면 서로에게 편지를 쓰도록 돕자고 약속했다. 꼬맹이들이 고사리 같은 손으로 종이에 글자를 적어 편지 봉투에 넣고 우표를 붙이는 모습을, 딸내미 손을 잡고 우체국으로 걸어가는 모습을 상상해본다. 금방이겠지, 곧 오겠지.

올해 들어 내내 마음이 복잡했다. 겉으로 보기엔 평범한 일상을 살고 있었지만 과거와 현재와 미래가 내 안에서 소용돌이치면서 줄곧 괴로웠다.

마흔한 살, 어느 한때 방향이 보이는 것 같았던 삶이 다시 오리무중에 빠진 것 같은 사십 대 초입에서 나는 잘 알지도 못하는 길을 무작정 나서는 것 같이 두렵고, 그렇다고 후진할 수도 없는 길 위에서 맥없이 시간만 버리는 것 같았다.

펌을 만나고 돌아오니 내 안의 복잡한 소용돌이가 많이 잠잠해졌다. 주어진 날들을 묵묵히 살아낼 힘이 생겼달까? 살림이든 농사일이든 매사 담담한 펌의 태도에서 불안을 이기고 살아가는 법을 배운 모양이다. 여행 가방을 풀면서 생각했다. 이 시간이 지나면 나도 펌네 옥수수처럼 달고 단단한 사람이 되어 있을 거라고…… 이 시간이 지나면.

다섯 살의 약속

유치원 끝나면 놀이터에 가서
친구들과 저녁 먹을 시간까지 노는 반복되는 일과.

서로 너무나 닮아 있어 갈아입은 옷을 확인하지 않으면
어느 날이 어느 날인지 구분조차 되지 않지만
그 프랙탈 같은 날들 속에서도
너는 보이지 않게 쑥쑥 자라고 있다.

불과 며칠 전까지만 해도
무섭다며 바이킹 그네타기를 하지 못했는데
그러다가 앉는 역할을 하고
마침내는 서서 그네를 끄는 역할을 하고
지금은 즐긴다.

모두 흩어져 집으로 돌아오는 길
터덜터덜 앞서가는 나를 네가 갑자기 불러 세웠지.

"엄마, 잠깐만 이리 와봐, 여기 앉아 봐, 내가 할 말이 있
어."

요즘 들어 종종 하는 귓속말
잘 들리지도 않게 뭐라고 웅얼대기만 해서
그냥 알아들은 척하고 맥없이 웃어 보이는
그 실없는 장난을 또 하자는 뜻인가 해서 쭈그려 앉았는데

"엄마, 우리는 사이좋은 친구가 되어
영원히 즐거운 노래를 부르며 놀자."

작지만 마치 글자를 읽듯 또박또박 말하는 목소리
가슴 끝이 떨리고 살갗이 파르르……
내가 멍하니 있자, "알았지?" 하고 확인을 하길래
고개를 끄덕이며 꼭 안아주었다.
괜히 눈물이 핑 돌아서 코를 훌쩍였다.
이 말을 놓치지 않으려고 집에 오는 내내

가만히 따라 하며 되뇌었다.

우리는 사이좋은 친구가 되자.
영원히… 영원히 즐거운 노래를 부르며 놀자.

이 단순한 바람이 계시처럼,
마땅히 지켜나가야 할 삶의 강령처럼 느껴졌으나
결코 무겁지는 않아서
포근한 눈처럼 가슴에 사뿐히 내려앉았다.

네가 자라는 동안 여러 가지 일들로
너에게 상처받거나 속상할 때마다
나는 이 문장을 가슴에서 꺼내 볼 것이다.
네가 성난 얼굴을 내게 들이밀며 소리치는 날이 와도
나는 이 말을 기억하며 약속을 지키려 노력할게.

정말…… 정말 사이좋게 지내기다.
알았지?

옷 잘 입는 남자

오늘은 남편이 평소보다 늦게 출근했다. "이렇게 입은 거 어때?"하고 묻길래 밥상을 차리다 말고 쳐다보니 그의 착장이 꽤 맘에 들었다. 굵은 코발트색 선과 얇은 자주색 선이 교차하는 마드라스 체크무늬 리넨 반소매 셔츠에 벽돌색 릴랙스 핏진의 조화가 경쾌해 보였다. 롤업 해서 발목을 드러낸 것도 좋았다. 발목이 예쁜 남자다. "좋은데. 잘 어울려."라고 대답해 주었다. 이제 신발을 고를 일이 남았다. 남편은 옷과 신발을 정말 좋아한다. 멋 내길 즐기는 남자다.

2주만 있으면 이 남자와 결혼한 지 5년이 된다. 이 사람이랑 결혼하면 절대 안 싸울 줄 알았는데 그런 기적은 일어나지 않았다. 부부가 싸우는 데는 여러 이유가 있지만 우리가 결혼하고 3년 동안 싸움의 단골 소재는 옷장에 가득 찬 그의 옷이었다.

"안 입는 옷은 좀 버려! 옷장에 옷이 가득 차서 숨 막힌다고. 다 입지도 않잖아. 정리가 안 돼 정리가! 이거 봐봐 이거! 무슨 남자가 여자보다 옷이 더 많아! 옷장의 삼 분의 이가 자기 옷이라고. 지긋지긋해."

뭐 이런 거로 싸우냐고 할 수도 있지만 옷이라는 표상 아래에서 짧고 단순하게 요약할 수 없는 복잡한 맥락이 서로 부딪쳤다. 옷은 나의 성장 배경과 라이프 스타일, 취향, 가치관이 그의 것과 대립하는 강렬한 매개체였던 것이다. 깔끔하고 여백이 있는 집을 원하는 나로서는 옷을 중심으로 사사건건 그와 부딪쳤다. 남편은 본인의 옷이 집의 인테리어를 헤친다는 내 생각을 도무지 이해하지 못했다. 하지만 나는 방 하나를 가득 채우고 있는 옷들을 보면서 질식할 것 같았다. 그래서 그가 옷을 맘대로 사지 못하게 단속하고, 하나를 사려거든 두 개를 버리라고 소리를 질렀다. 그러나 그의 입장에선 옷마다 존재 이유가 있었다. 저마다 쓰임이 있기에 자주 입지 않아도 모두 가지고 있어야 하는 것들이라고 항변했다. 그렇게 우리는 치열하게 다투며 상처를 주고받았다.

어린아이를 키우는 집은 남편의 옷과 상관없이 내가 원하는 만큼 깔끔할 수 없었다. 지금이야 그 사실을 받아들이고 적당히 너저분하게 지내는 데 익숙해졌지만 그런 모양새에 맞추며 깎여나가는 동안 나도 참 힘들었다. 그러는 사이에 그의 옷도 정말 많이 줄었다.

이제 와 조금 여유가 생겨서 돌이켜보면 사실 나는 그가 옷을 잘 입는 남자라서 좋았다. 결코 잘생긴 남자는 아니지만 패션 센스가 뛰어난 남자였고, 친구들이 그를 멋쟁이라고 부르는 소리를 듣는 것도 기분 좋았다. 그리고 멋쟁이가 되려면 기본적으로 옷이 많아야 한다는 그의 지론은 절대 맞는 말이긴 하다.

연애할 때는 패션 디자이너도 아니면서 옷에 관한 전문용어를 자연스럽게 구사하는 그가 참 신기하고 재미있었다. 그는 신발도 옥스퍼드화, 보트화, 슬립온, 모카신 등 용도와 소재, 모양에 따라 정확히 구분하여 불렀고, 모두 다른 그 신발들을 최소 한 켤레씩은 가지고 있어야 한다고 믿었다. 체크 성애자인 그는 깅엄체크니, 타탄체크니, 하운드 투스니 따져가며 패턴마다 각각의 이름으로 구별하여 부를 줄 알고, 겨울에는 아가일 체크 스웨터를 입는 걸 즐겼다. 잘못 입으면 영감님 같아 보이는 그 어려운 체크무늬가 어울렸다. 헤라 남성용 비비 크림을 애용하며, 아이브로우까지 챙기는 남자인데 지난 시간 나에게 맞춰가느라 많이 평범해졌다. 그런 걸 원했던 건 아니었는데…….

하루는 특별히 부탁하지도 않았는데 옷장을 정리해서 상당량의 옷을 수거함에 버리려고 들고 나가는 그를 보았다. '웬일이야?' 하는 생각이 제일 먼저 든 게 사실이지만, 이내 축 처진 어깨가 눈에 들어왔고, 그러자 안쓰러운 마음이 들었다. 삼손이 머리를 자르면 힘을 쓰지 못하는 것처럼 그는 멋을 내지 못하면 힘을 쓰지 못하는 남자일지도 모른다. '원하는 착장으로 스타일링을 하고, 그런 자신의 룩에서 만족감과 자신감을 느끼며 일할 맛과 살맛을 느끼고 있다면 내게 그것을 막을 권리가 있을까?' 생각이 여기에 미치자 마음이 복잡해졌다.

최근에 그는 다시 팔찌를 착용하기 시작했다. 이 사람도 애가 좀 크니 여유가 생겼구나 싶었다. 이제는 좀 하고 싶은 대로 하라고 그냥 두려 한다. 빨래를 돌리고, 널고, 개는 일을 반복하며, 꽉 차고 어지러운 그의 옷장을 정리하다 보면 아직도 부아가 치밀곤 하지만 사랑하니까 기꺼이 해줄 수 있다고 '이제는' 생각한다.

내가 나이길 강렬히 원하는 것처럼
너도 나랑 있어도 너일 수 있도록.

하고 싶은 일

아이가 세 돌이 되었을 때 남편은 정교수가 되었다. 기쁜 일이었다. 그때까지 남편과 나는 둘 다 프리랜서 예술가로 수입이 일정하지 않았다. 둘만 살 때는 아무렇지 않았던 일이 아이가 태어나자 문제가 되었다. 고정수입이 있는 편이 양육비를 포함한 가계를 계획하고 꾸리는데 훨씬 유리했다. 난생처음으로 월급 생활자가 되고 싶었다. 그리고 그 바람이 드디어 이루어진 것이다.

교수직은 매달 월급이 나온다는 사실 외에도 사학연금 혜택을 받을 수 있다는 점에서 매력적이었다. 사학연금은 국민연금이나 일반 연금 보험보다 보장 내용이 훨씬 좋았다. 앞으로 정년퇴직할 때까지, 아니 그 후로도 수입을 걱정하지 않아도 된다는 사실은 우리 부부의 마음에 커다란 평안을 가져다 주었다.

그런데 교수가 된 지 2년 만에 남편은 학교를 그만두고 싶다고 했다. 더 늦기 전에 도전하고 싶은 일이 있다는 것이다. 그는 내가 안 된다고 하면 그냥 학교에 다니겠지만 꼭 허락해 주면 좋겠다고 간청했다. 갑작스러운 고백에 놀라고 당황스러웠다. 무엇보다 안정된 직장을 포기하고 싶을 만큼 하고 싶은 일이 있다는 사실이 내 마음을 흔들었다. 그는 자신만의 웹툰 스튜디오를 만들고 싶어 했다.

어쩌면 나는 이런 날이 올 거라는 걸 예감하고 있었는지도 모르겠다. 남편은 정교수가 된 지 1년 만에 대학본부에서 수여하는 우수 교수상을 받을 만큼 학생들을 가르치는 일에 열의가 있었고, 보람도 느꼈지만 늘 입버릇처럼 '교수직은 커리어의 무덤'이라는 말을 하곤 했다. 교수직에 안주하게 되어 작가로서의 커리어를 망치게 될까 봐 두려웠던 것이다.

이야기를 들어보니 그의 머릿속에는 이미 자신의 이름을 건 스튜디오에 대한 플랜이 다 완성되어 있었다. 영입할 작가들까지 모두 정해둔 상태였다. 마음이 무거웠다. 교수를 그만둔다니… 안정과 명예를 내려놓는 일이 쉬울 수는 없었다. 며칠 생각할 시간을 달라고 했다.

나는 결혼이 우리에게 무엇을 의미하는지 생각하지 않을 수 없었다. 사랑에 빠진 우리는 함께 사는 게 더 행복하리라는 믿음 속에서 결혼했다. 그때 우리는 서로의 일을 존중하고 있었고, 각자 자기가 좋아하는 일을 하면서 그 안에서 원하는 성취를 이루어가길 바랐다.

그런데 아이가 태어나고 내가 주 양육자가 되면서 연출가로 계속 일하는 것이 현실적으로 어려워졌다. 대학 강의만 겨우 유지하면서 어서 아이가 자라기만을 기다렸다. 어쩔 수 없는 일이었기에 받아들일 수밖에 없었지만 좌절감이 컸고 아이가 자란다고 현장으로 바로 복귀하리라는 보장이 없었기에 불안했다. 하고 싶은 일을 하지 못하는 괴로움이 어떤 건지 누구보다 잘 알았다.

이제 남편마저 하고 싶은 일을 하지 못하게 된다면 이 결혼이야말로 커리어와 꿈의 무덤이 아니고 무엇이란 말인가. 나와 아이가 그가 가고자 하는 길의 걸림돌이 될 수는 없었다. 설사 그가 실패한다고 하더라도 그 위험까지 함께 감수하는 게 부부간의 의리*라고 생각했다. 그렇게 마음을 정하고 시간

---

* 의리는 쌍방이 지켜야 하는 법.
  남편이 내게 의리를 보일 날이 머지 않았다고 믿는다.

을 오래 끌지 않고 남편에게 내 대답을 전했다. 그리하여 그는 모두의 놀람 속에서 당당히 학교를 그만두고 나왔다.

나중에서야 알게 된 사실이지만 당시 남편 주변에 있던 사람들은 모두 내가 그의 사직과 창업을 반대할 거라고 믿었단다. 나 역시도 어떻게 그걸 허락했냐는 질문을 종종 받았는데 그럴 때마다 길게 설명하기도 멋쩍고 해서 "내가 세상 물정을 잘 몰라서 그래요."라고 대답했다. 영 틀린 대답은 아니라고 생각한다. 현실감각이 떨어지고 계산에 능하지 않으니 이상을 좇을 수 있는 거 아닐까.

그런데 이런 대답이 날 좀 바보처럼 보이게 만든다는 걸 한참 뒤에 깨달았다. 괜히 그렇게 말했다는 후회가 들기도 했지만 엎질러진 물이었다. 그래서 이렇게 글로 써서 책에 싣는 것으로 부족한 답을 만회하려는 것이다.

섹스리스

놀라운 일이었다. 첫 아이를 낳은 후 둘째를 갖는 사람들을 볼 때마다 정말로 궁금했다. 도대체 언제 '그걸' 했는지, 그럴 '틈'이 어디서 나왔는지? 내 경험에 비춰봤을 때 그것은 미스터리였다. 우리 부부가 뭔가 놓치고 있는 건 아닌지 아무리 생각해봐도 우리에겐 '그걸' 할 '틈'이 전혀 없었다. 평범한 보통 사람들이 다 할 수 있는 걸 우리만 못하고 있다고 생각하니 불안해졌다. 섹스를 못 해서 불안한 게 아니라, 섹스를 안 하는 부부는 사이가 좋지 않을 거라는 통념 때문에 불안했다. 우리는 그럭저럭 잘 지내고 있었지만 섹스라는 지표로 볼 때는 위기의 부부였다.

우리의 부부생활에 있어 아이라는 변수는 절대적이었다. 태어난 아기는 비염과 아토피가 있어서 극도로 예민했고, 엄마나 아빠의 품 안에서만 잠이 들었다. 그것도 똑바로 누워서는 코가 막혀서 잠들지 못하니, 우리는 매일 밤 아기를 안은 채로 앉아서 자야 했다. 그렇게 교대로 쪽잠을 자면서 3년의 세월이 흘렀다. 어떤 사람들은 우리가 애 버릇을 잘 못 들여서 까다로워진 거라고 믿었지만 그거야말로 사람을 억울해서 환장하게 만드는 소리였다.

육아에 지친 우리들의 육신은 틈만 나면 성욕이 아닌 수면욕을 채우기에 바빴고, 혹시라도 상대방이 '그걸' 원할까 봐 무의식중에 두려워하고 있었다. 그러나 섹스리스의 생활이 길어지는 가운데 주변에서 둘째를 임신하는 사람들이 속출하면서 이렇게 안 하고 살아도 정말 괜찮은 건지 의심이 일었고, 그야말로 하기도 그렇고, 안 하기도 그런 묘하게 곤란한 지점에 도달하게 되었다. 섹스가 애물단지처럼 느껴져서 슬펐다. 이즈음 되자 남편의 진심은 어떤지도 궁금해졌다. 내가 먼저 말을 걸었다.

"우리 이렇게 안 하고 살아도 되는지 몰라."

"그러게…"

"우리 사이가 괜찮아 보여도 실제로는 아닐 수도 있는 거야."

"그렇게 생각해?"

"……."

본인은 아무 문제도 못 느끼며, 불만도 없다는 듯 해맑은 표정으로 내 생각을 묻는 그를 보자 순간 무슨 말을 해야 할지 머리가 멍해졌다.

"아니, 자기도 남잔데, 성욕이 있을 거 아니야. 혹시 밖에서 딴짓 하고 다니는 거 아니야?"

농담처럼 들리게 만들려고 익살을 잔뜩 부려 질문을 던졌는데 통하지 않았다.

"내 생활 반경이나 스케줄이 빤한데 그럴 수 없다는 거 잘 알면서 그런 질문을 하냐?"
"아이, 농담이야, 장난이야, 그냥 해본 소리인 거 몰라?"

분위기가 어색해지는 게 싫어서 어떻게든 그냥 넘기려는데 남편은 달랐다. 진지해져 버렸다.

"자기가 하고 싶으면 언제든지 이야기해. 하면 되지. 하지만 알다시피 우리 둘 다 늘 피곤에 지쳐있고, 애가 깰까 봐 걱정

돼서 마음 편하게 즐기지도 못하잖아."

"아니, 내가 먼저 말하기가 눈치 보여서…"

"그건 나도 그래. 피곤한 거 뻔히 보이는데 하자고 하는 거 어렵지."

"자기도 그랬구나…"

"당연하지."

"그런데 이렇게 너무 안 하고 살다가 사이가 멀어지면 어떻게 해?"

"그렇게 되기 전에는 하지 않을까?"

갑자기 긴장이 풀어지면서 웃음이 나왔다.

하고 싶어질 때 자연스럽게 하면 되는 일인데 이게 왜 마음에서 문제가 되었던 걸까? 남들이 둘째를 임신한 것에 대한 호기심이 비교와 불안으로 이어진 것이다. 나답게 살기를 그토록 원하면서도 내 욕구나 내면 상태를 들여다보기보다는 남들이 사는 모습에 더 쉽게 영향을 받는 연약한 내 모습에 씁쓸함을 느끼지 않을 수 없었다.

그 후로도 우리는 섹스를 하기보다는 섹스에 대한 대화를 더 많이 나누었다. 그 결과 우리가 몸도 마음도 안정된 상태일 때 섹스하기를 원한다는 걸 알았고, 아이를 키우면서 그런 컨디션을 만나기가 쉽지 않지만 그럼에도 너무 섹스를 안 하면 부부 사이의 유대감이 옅어진다는 걸 깨달았다. 우리가 조금만 털털하든가, 둘 중 하나라도 성욕이 아주 강하다든가, 혹은 나이가 어리다면 모든 것이 완전히 다를 수도 있다는 얘기는 빠지지 않고 등장했다.

갑자기 우리 사이가 참 좋게 느껴진다. 우리는 사이가 좋다. 비록 예전처럼 섹스하지는 않지만. 아이가 할머니 댁이나 사촌 네 놀러 가서 외박할 때도 서로의 육체를 탐내지 않고, 그런 것에 피차 서운해하지 않을 만큼 사이가 좋다. 근데 왜 슬프지? 아, 근데 왜 또 웃기지?

그렇게 시간은 흘러, 흘러, 흘렀고, 어느 사이에 연례행사 같았던 그 일이 분기별 이벤트가 되었다. 머지않아 월별 이벤트가 되겠지. 좋은 일이다. 그러나 여기서 성관계의 빈도수에 큰 의미를 두고 싶지는 않다. 그보다는 우리가 섹스는 안 해도 대화는 많이 하면서 지내왔다는 점이 만족스럽다. 우리가 여전히 서로에게 할 말이 많다는 사실이 기쁘다. 나한테는 말이 통하는 게 정말 중요하다는 걸 새삼 깨닫는다.

성공한 사람의 두 부류

남편이 말하길 자신이 경험한 바로는 성공한 후 변하는 사람에는 두 가지 부류가 있는 것 같단다. 물론 그가 말하는 성공이란 부와 명예를 뜻한다. 두 가지 부류는 단순했다.

성공한 후 인간성이 나빠지는 경우와 성공한 후 인간성이 좋아지는 경우다. 돈 좀 벌었다고, 높은 자리에 올랐다고 갑자기 목에 힘을 주며 다른 사람을 함부로 대하고, 행동거지도 더 상스러워지는 사람이 전자의 경우인데 이런 부류는 너무 전형적이다. 나한테 흥미로운 케이스는 후자인데 원래 별로였던 사람이 성공하자 인간성이 좋아지는 거다. 공격적이고 매사 비판적이며 어딘가 뒤틀린 듯 주변을 불편하게 하던 사람이 성공하자 인자하고 너그럽고 주변에 베푸는 사람이 되었다. 남편에 따르면 전자는 벼락부자가 된 사람들이 많고, 후자는 오랜 고생과 노력이 마침내 결실을 맺어 성공한 사람들이 많다고. 누가 떠오르는가?

즐기자, 마흔

바다를 바라보는 일은 사람을 감상적으로 만든다.

'마흔네 살의 내가 한낮에 메리켄 공원 벤치에 앉아 쏟아지는 봄 햇살을 받으며 군청색의 바다를 바라보고 있다. 마침내 내가 여기에 왔다.'라고 속으로 가만히 읊조려본다. 이렇게 하면 꼭 내가 소설 속의 주인공 같다. 그런데 고베는 평소에 내가 꼭 와보고 싶었던 도시는 전혀 아니다. 패키지 여행 상품에 끼어있는 관광 코스여서 방문한 것뿐인데도 바다를 마주하고 있으니 마치 내가 여기에 꼭 와보고 싶었던 것 같은 기분이 든다.

'마침내 내가 여기에 왔다.'라는 차분한 감격은 장소에 대한 것이라기보단 남편 없이 아이를 데리고 해외여행을 할 수 있게 된 데서 비롯된, 즉 아이를 이만큼 키워낸 것에 대한, 더 구체적으로는 영유아 수발 기간에서 벗어난 것에 대한 감격에 가깝다. 문장을 더 이어 가보고 싶어진다.

'물론 내게도 마흔 이후의 삶은 도저히 상상조차 할 수 없던 때가 있었다. 젊음은 얼마나 오만한지. 아무 근거도 없이 나만은 늙지 않을 것처럼 살았다. 그런데 시간이 나만 빼고 흘러갈 리가 있나. 미련할 정도로 성실하게 흐르는 시간은 나를 기어이 사십 대로 데려다 놓았다.

나는 별다른 방황이나 반항 없이 사십 대의 문지방을 넘었다. 늦은 출산 탓에 아직 어린아이를 건사하느라 정신이 없어서 사십 대가 된다는 사실을 충분히 실감할 여유가 없기도 했거니와 방황이나 반항이 아무 소용없다는 걸 너무 잘 알았기 때문이다. 얼떨결에 사십 대가 되긴 했지만 막상 사십 대가 되고 보니 이 시간이 참 애틋하다. 사십 대는 말이지, 레테의 강 같달까. 여름날의 저물어가는 해처럼 여길 넘어가면 진짜 청춘의 끝인 거 같아서… 뭐랄까 젊음의 마지노선? 그래서 정말이지 최선을 다해 이 시간을 즐기고 싶다.'

멀리서 딸아이가 "엄마!"하고 부르는 소리가 들린다. 주인공에서 무수리로 현실 귀환. 아이참, 분위기 좋았는데! '엄마'라고 부르는 소리에 흔들림 없이 신속하고 완벽하게 엄마 모드로 돌아온 나 자신이 웃기고 슬퍼서 클클클~ 풍선에서 바람 빠지는 것 같은 웃음이 나왔다. "왜에~~~?!"라고 애써 명랑하게 대답한다.

아이는 올해 초등학생이 되었다. 자식을 키우는 일에 휴지기가 있을 수 없지만 8살의 3월을 무사히 보내고 나니 올해는 정말 좀 적극적으로 여행을 다녀야겠다는 생각이 든다. 멀리 나오니까 참 좋다. 마음 같아선 잠깐이라도 혼자 훌쩍 떠나보고 싶지만 그런 호사를 누리려면 2~3년은 더 기다려야 할 것 같다. 그렇다고 꼬맹이랑 함께 다니는 게 싫은 건 아니다. 예민하고 요구가 많은 딸내미 시중드는 일은 자주 내 비위를 상하게 만들지만 여덟 살이 되니 진짜 친구같이 말동무가 되어주기도 하니까. 딸내미는 리액션이 풍부한 데다 재치 있는 말을 곧잘 해서 나를 웃게 만든다. 이러니저러니 해도 자식은 사랑이다.

메리켄 공원에는 1995년 고베 대지진의 흔적이 남아있다. 당시의 피해 상황을 기록한 사진을 보니 섬뜩한 느낌이 들었다. 모든 것을 집어삼킨 대지의 포효는 천진할 정도로 잔인했다. 자연에 의식이 있었다면 차마 그렇게까지 몸을 뒤틀진 못했을 것 같았다. 하지만 지진보다 더 놀라운 것은 그 같은 폐허를 정리하고, 도시를 재건한 일본인들의 회복 능력이었다.

건물은 다시 높게 솟았고, 어릴 때 만화영화에서 보았던 것 같은 공중을 가르는 도로도 만들어졌다. 고베는 미래도시의 모습으로 다시 일어섰다. 도시가 재건되는 과정을 담은 사진을 보는데 마음 깊은 곳에서 전율이 일었다. 자연도 대단하지만 사람도 대단하다.

마흔을 넘기면서 뭐든 조심하는 마음이 커졌다. 입버릇처럼 "이 나이에 뭘…"이라고 하면서 새로운 시도를 자제하려는 경향이 생긴 것도 사실이다. 그런데 그런 태도로는 삶을 즐기기가 어렵다. 멋지게 다시 일어선 고베시는 내 욕망을 자극했다. 즐겁게 살고 싶다. 새로운 걸 시도하고 배우는 걸 두려워하고 싶지 않다. 메리켄 파크의 하얀 벤치에 앉아 눈앞에 보이는 바다에 맹세했다.

'무엇이든 늦었다는 생각은 하지 않겠다. 그리고 최대한 즐겁게 살려고 노력하겠다.'

사람에게는 어떤 상황에서라도 다시 일어설 힘이 있다는 걸 기억한다면 삶을 즐기지 못할 이유가 없다.

즐기고 싶습니다만

　마흔의 시간을 즐기자고 흔쾌히 결심은 했지만 그래서 구체적으로 뭘 하면 좋을지를 생각하면 갑자기 머릿속에서 정전이 일어난다. 아직 젊다고 느끼게 하는, 혹은 얼마 남지 않은 젊음을 만끽할 수 있는 그런 재미난 일이라는 게 쉽게 떠오르지 않는다. 옛날에 어른들이 나이 들수록 재미있는 일이 줄어든다고 했던 말이 생각난다. 어른들 말대로 되는 게 참 싫은데 점점 더 그런 일이 늘고 있으니 씁쓸할 뿐.

　재미있는 일을 생각해내야 한다. 재미있게 지내고 싶으니까! 친구들을 만나 요즘 뜨는 브런치 맛집을 찾아간다? 음식은 맛있는데 이야길 나누다 보면 사는 게 힘들다는 푸념으로 흐른다. 특히 어디가 아프다는 이야기는 절대 빠지지 않는다. 가족들과 여행을 간다? 경치는 아름다운데 아직 어린 딸아이의 까다로운 시중을 들다가 결국 폭발하고 만다. 언젠가는 이

것도 그리워지겠지.

소중한 사람들과 보내는 시간이 완벽하지 않다고 불평하는 게 아니다. 난 지금 '재미'에 대해서 말하는 거다. 좋긴 해도 재미는 없는걸. 늘 즐기는 독서와 영화 감상에는 긴장감이 없다. 물론 명작을 만날 때는 크게 감동하지만 '재미'와는 다른 차원의 이야기다.

말초신경을 자극하며 온몸의 세포를 깨우는 그런 재미에 대해 생각하다 보니 역시 재미 중에 재미, 가장 큰 재미는 '연애질'이라는 결론에 도달한다.

특히 연애의 도입부인 썸 탈 때의 그 쫄깃함은 가히 대적할 것이 없다. 사귈지 말지 정하지 않은 상태에서 만날 약속을 한다. 입고 나갈 옷을 고른다. 미니멀하지만 차가워 보이지는 않는, 세련된 느낌을 주면서도 여성스러운 그런 원피스를 고른다. 아주 살짝만 늦게 나가서 내가 다가오는 것을 바라보게 만든다. 그리고 시원한 사케를 함께 마신다.

초여름이다. 어떤 음악을 좋아하는지, 어떤 영화를 좋아하는지, 최근에 읽고 있는 책은 무엇인지 등등을 묻고 답하며 부지런히 서로의 공통점을 체크한다. 공통점이 많아질수록 특별한 인연이라는 착각이 커지면서 점점 흥분한다. 신난다. 재미난다. 아, 상상만 해도 얼굴 곳곳에서 웃음이 새어 나오는구나. 하지만 유부녀 아줌마가 불륜이 아니고서야 어디 가서 누구랑 연애한단 말인가! 하아… 썸 타는 거에 필적하는 다른 어떤 것을 떠올리려 애써보지만 아무리 생각해도 그만큼 재밌는 게 있을 거 같지 않다.

이래서 아줌마들이 남녀의 밀당이 달달하게 펼쳐지는 미니시리즈를 즐겨보는 것 같은데 나는 티브이 드라마에는 좀처럼 흥미를 느끼지 못한다. 가짜라는 걸 알아서 그런지 잘 빠져들지 못한다. 짜릿한 스릴이 있는 익스트림 스포츠도 질색이고, 경마나 스포츠 경기 관람, 게임을 좋아하지도 않는다. 늘 하던 거는 익숙해서 재미가 없다면서 흥분할 만한 놀이는 또 취향에 안 맞는다고 하고.

아이고, 까다로워라! 재미있기 한번 어렵구나! 지금, 이 순간 연애하는 자들에게 복이 있나니 천국이 너희 것이니라.

연애하는 옆집 여자

옆집 여자는 연애를 한다.

"진짜? 대박!"

자정 넘어 귀가한 남편은 (나의 남편이다.) 우리 동 주차장에 차를 세울 수가 없어서 멀리 떨어진 주차장까지 가야 했는데 바로 거기서 옆집 여자가 낯선 남자와 손을 마주 잡고 서 있는 걸 발견했다. 손을 맞잡은 채 몸을 살랑살랑 흔드는 폼이 헤어지기 싫어서 미적거리는 것처럼 보였단다.

결국 입을 맞추는 것까지 봤는데 바로 그 순간이 자신이 들키지 않고 자리를 뜰 수 있는 절호의 순간이라 민첩하게 움직이느라 힘들었다고 했다. 혹시라도 들킬까 봐 무서웠다나.

"자기가 잘못한 것도 아닌데 왜 무서워?"하며 웃었지만 다시 생각하니 목격자가 된다는 건 부담스러운 일이긴 하다.

옆집과 우리는 대문을 마주하고 있다. 비밀을 알고 있다며 협박해서 돈을 뜯어낼 생각이 아니라면 알고 있어봤자 거추장스럽기만 할 뿐이다. 당장 옆집 아저씨 얼굴을 보기가 민망한걸.

"옆집 아저씨 불쌍하다…"

남편은 비 맞은 벼처럼 고개를 떨구며 말했다. 나는 말 없이 고개를 끄덕였지만 아가씨였을 때처럼 마냥 여자를 비난하지는 못하겠더라. 결혼하기 전에는 불륜을 이해할 수 없었다. 이해하고 싶지도 않았고. 불륜 남녀의 이야기를 들을 때면 바람을 피울 거면 왜 결혼을 해서 여러 사람을 힘들게 하는지 모르겠다고 한심해했다. 그때는 남편이 옆에 있는데도 외롭다는 게 어떤 것인지도 몰랐고, 관계를 도덕과 윤리의 틀에 가뿐하게 끼워 넣고 재단할 수 있을 만큼 아쉬울 게 없었던 건데 그런 줄도 모르고 도덕적 우월감에 빠져서 그들의 자제력 없음을 비난했던 것이다.

옆집 여자는 본인만의 《메디슨 카운티의 다리》를 찍고 있을지도 모른다. 어쩌면 중년의 위기를 심하게 겪고 있는지도 모르고, 아니면 그냥 나쁜 년이거나, 알게 뭐람. 아무튼 연애를 하다니, 좋겠다! 쳇, 설레고 신나겠지. 그나저나 그렇게 안 봤는데 정말 깜찍하네. 얌전한 고양이가 부뚜막에 먼저 올라간다더니 옛말 틀린 거 하나 없다니까. 갑자기 옆집 여자가 얄밉다. 얼굴 전체가 동글동글하니 유순한 인상이어서 무슨 짓을 해도 의심을 받을 리가 없다.

그러고 보니 어느 토요일엔가 등산복 차림으로 집을 나서는 옆집 여자와 함께 승강기를 탔던 기억이 난다. 인사차 "등산 가시나 봐요?"하고 물었고, 그렇다는 대답을 듣고는 "아저씨는 같이 안 가세요?" 했는데 하면 안 되는 질문이었구나. "우린 취미생활은 각자 해요." 하며 웃던 얼굴이 떠오른다. 몰래 데이트하러 나가는 거면서 그렇게 웃다니 너무했다. 가만, 아내가 주말에 혼자 등산복을 입고 나가는데 아저씨가 정말 아무 눈치도 못 챘을까? 알면서도 모르는 척하는 걸지도 모른다. 둘째가 아직 고등학생이라 한창 예민할 때가 아닌가. 아니면 혹시 아저씨도 바람피우고 있을지도? 콩가루 집안이구먼!

하루 종일 애랑 뽀로로의 세계에 머물며 지루했던 나는 모처럼 주어진 이웃의 불륜이라는 가십 거리를 공처럼 굴리며 놀았다. 그러는 사이에 남편은 잠에 빠졌고, 나는 현실로 돌아왔다.

옆집 아저씨는 트럭을 몰고 여기저기 다니며 땅콩을 파는데 가끔 집 근처에서 팔 때도 있다. 남편은 그때마다 땅콩을 샀고, 아저씨랑 몇 마디씩 나누다 온 모양이었다. "아저씨는 시골에 내려가서 살고 싶어 해. 그런데 아줌마가 싫다고 하나 봐." 아줌마는, 그러니까 옆집 여자는 회계 사무실에서 근무하고 있다. 아침마다 제네시스를 몰고 출근한다. 안정된 직장임이 틀림없다. 아저씨가 가고 싶어 하는 시골이 어딘지는 모르지만 거기가 어디든 옆집 여자는 도저히 갈 수 없을 테지. 트럭을 모는 남자와 제네시스를 모는 여자는 서로를 외롭게 하겠지. 이렇게 어긋나게 될 줄 모르고 결혼했겠지. 언제부터 멀어지기 시작했을까…

상념에 잠기려는 찰나, 남편이 갑자기 큰 소리를 내며 코를 골았다. 깜짝 놀라 쳐다보니 자는 모습이 천진난만해서 피식 웃음이 나왔다. 이 사람과 나는 계속 잘 살 수 있을까? 모르지 뭐. 일단은 그럴 거라고 믿고 살아야지. 앗, 그러고 보니 중요한 걸 안 물어봤다!

"자긴 내가 바람피우면 어떻게 할 거야?"

그냥 날 붙잡아

남편이 옆집 여자가 바람피우는 현장을 목격한 후로 몇 년이 흘렀고 우리는 이사를 하게 되었다. 옆집 여자가 아직 데이트를 즐기고 있는지는 알 수 없으나 여전히 땅콩 트럭을 모는 남편과 살고 있다. 고등학생이던 둘째는 무사히 대학에 진학했고 엘리베이터에서 만난 여자의 얼굴은 한결 밝고 안정돼 보였다.

내가 이사 간다는 소식을 전하자 여자는 아쉬운 표정으로 잘 가라고 인사하며 "우리도 이 집에서 이렇게 오래 살게 될 줄은 몰랐어요."라고 덧붙였다. 여자에게는 이사하고 싶은 마음이 있었다. 하지만 거기는 그녀의 남편이 원하는 시골이 아니었다. 여자가 아쉬운 표정을 지은 건 이웃이었던 우리 가족과의 이별 때문이 아니라 적절한 때 집을 업그레이드 하지 못한 데 따른 것이었다. 그리고 그녀가 느끼는 씁쓸함을 이해하는 나를 발견했다.

불륜 이야기는 늘 우리 가까이에 있다. 티브이에서는 일 년에도 몇 번씩 새로운 사랑에 빠진 기혼자들이 나오는 드라마가 방송되고, 그중 일부는 크게 히트해서, 티브이를 거의 보지 않는 나 같은 사람의 이목도 끌었는데, 그럴 때마다 나는 내 안에 에로스가 고갈되었음을 확인하며 완전히 건조된 내 마음에 연민을 느껴야 했다. 공유나 현빈, 박보검이나 정해인을 보고도 설레지 않았다. 육아에 시달리면서 나는 이성에 대한 호감이나 연애 감정도 기운이 있어야 느낄 수 있다는 걸 깨달았다. 밀당이고, 썸이고, 뭐고 다 귀찮다. 시간이 있다면 온전히 혼자 있고 싶다.

음, 잠깐. 그렇다곤 해도 정해인이나 박보검 같은 남자가 베이비시터로 우리 집에 들어온다면? 그리고 나에게도 무척 친절하고 다정하게 대해주면서 아기도 잘 본다면? 그렇다면 이야기가 달라진다. 미드에 자주 등장하는 내니*랑 바람나는 남자들의 마음이 이런 건가? 남자들이 바람피우는 드라마를 보면 분통이 터지는데 유부녀가 바람피우는 드라마를 보면 이해하고 싶어진다. 불공평하다고 해도 어쩔 수 없다. 내가 드라마 속 바람둥이를 욕하면 남편은 바람피우는 여자들도 많다며 슬쩍 이야기의 방향을 튼다. 본인의 선, 후배들이 겪은 이야기라

---

* 보모

며 그들이 늘 마감에 쫓기며 작업하느라 바쁘게 지내는 동안 형수님이나 제수씨들이 바람이 나서 집을 나간다는 것이다. 혼인 파탄의 원인이 간통한 아내에게 있는데도 만화가 남편들은 재산마저 아내에게 다 주고 빈털터리가 되어 집을 나오는 경우가 많다고 했다.

나는 "아내를 외롭게 한 대가지."라고 싸늘하게 대꾸하고 입을 다문다. 내가 남자를 비난하면 남편은 받아주는 것처럼 대답하지만 결국 그에 상응하는 여성에 대한 비난을 털어놓는다. 그래봤자 전체 기혼자 중 바람피운 경험이 있는 경우는 남자 쪽이 압도적으로 많을 게 뻔하다. 흥!

"그럼, 자기는 내가 바람피우면 어떻게 할 거야?" 내가 물었다.

"응, 나도 주변에서 일어나는 일을 보면서 생각해보긴 했지."

"그래? 어떨 거 같아?"

"물론, 속상하겠지."

"그냥 속상한 정도야?"

"마음이 아프겠지."

"그래서?"

"하지만 난 당신이 진정한 사랑을 만났다고 하면 보내줄 거야."

"뭐어?"

"생각해봐, 그런 일생일대의 사랑을 어떻게 막아? 난 축하하며 보내줄 생각이야."

"(부아가 치밀어) 지금 그걸 말이라고 해!?!?"

"(깜짝 놀라며) 왜에?"

"그게 무슨 헛소리야! 하나도 안 멋지거든. 그냥 날 붙잡아! 당신 없으면 못산다고 하면서 엉엉 울고, 우리 딸은 어쩌냐고 하면서 치맛자락 붙들고 늘어져야지. 절대로 이혼 못 한다고 해야지!!!"

"……"

"내가 정말 바람 나서 이혼해달라고 나오면 그때 가서 쿨하게 보내주겠다고 하시라고요. 그때 가서. 진짜로 그런 일이 있으면. 그전까지는 바람피우면 가만히 안 있을 거라고, 그놈 죽여 버릴 거라고, 절대로 용서 못 한다고 길길이 날뛰는 게 사랑이지, 이 바보야. 자기는 진짜 몰라서 그렇게 말하는 거야? 아니면 나 속 터지라고 그러는 거야?"

이럴 때 남편은 멍충이 같다. 아니 그럼 자기랑 나는 지금

진정한 사랑이나 일생일대의 사랑은 아니라는 거야, 뭐야? 화가 난다. 왜 나는 이 말이 본인이 바람났을 때 쿨하게 보내 달라는 말로 들릴까? 10년을 같이 살았는데도 속을 모르겠다.

으으으으…! 이 바보! "나한테는 너밖에 없다!" 이 말이 듣고 싶은 거라고. 그걸 몰라?

속단은 금물

그게 누구든 상대방을 잘 안다고 생각하는 것이 얼마나 큰 착각인지 나이가 들수록 절감한다. 사람에 대해서는 속단하지 않는 것이 좋다. 내가 보지 못하고 있는 면이 훨씬 많다. 재수 없었던 초반의 인상을 뒤엎고 가까워진 사람들이 있다. 원하지 않았으나 오래 만날 수밖에 없는 관계를 몇 차례 겪으면서 나는 첫인상이 항상 옳은 것은 아니라는 걸 배웠다. 그 뒤로 사람에 대해서 이렇다 저렇다 내가 본 부분만 가지고 판단하지 않으려고 노력 중이다.

남편에 대해서도 마찬가지다. 결혼 전 나는 남편이 강아지 타입의 사람이라고 믿었는데 결혼해서 살아보니 완전히 고양이 같은 남자였다. 난 애교가 많은 남자를 원했다. 나를 보면 꼬리를 흔드는 그런 강아지 같은 남자를. 최소한 충직한 개 같은 남자는 될 줄 알았지. 까무잡잡한 피부에 작은 눈, 턱수염까지, 이종 격투기 선수 추성훈을 닮은 남편을 보고 고양이를 연상할 사람은 없다. 하지만 남편은 새침한 페르시안 고양이 같다. 어디에 있든 자기만의 방석 위에 앉아 있다. 잘 따르는 것 같다가도 사람을 애달프게 하는 면이 있다. 도도하다. 곁을 쉽게 내주지 않는다. 속을 알 수가 없다. 그래서 결국 내가 강아지가 되고 말았다. 페르시안 고양이의 관심을 끌어보려고 애쓰다가 끝내는 성질을 내고 마는 강아지. 분하다.

이제는 나에 대해서도 잘 모르겠다고 느낀다. '나는 이런 사람'이라고 스스로 믿어왔던 것도 하나의 틀이 되어 나를 가둔다. 또 아이를 키우면서 그동안 전혀 몰랐던 내 모습을 보았고, 자기 자신에 대해서도 쉽게 단언할 일이 아님을 배웠다. 내가 나를 판단하지 않으면 나는 얼마든지 더 나은 방향으로 변화할 수 있다.

호구

나는 호구다. 아니라면 좋겠지만 명백한 증거가 많아서 부정할 수가 없다. 어릴 때부터 그랬다. 엄마가 집을 비운 사이에 찾아온 외판원들의 말에 홀딱 넘어가서 당장 필요하지도 않은 물건들을 구입하곤 했다. 엄마의 비상금이 어디 있는지 귀신같이 알아낸 걸 보면 그렇게 멍청했던 것 같진 않은데 남의 말에 잘 속았다. 엄마가 혼낼 때면 나는 외판원들이 내게 한 말을 고대로 읊었다. 기억력은 좋았다. 우리 집에 꼭 필요한 물건이라 사지 않을 수 없었다고 주장했다. 엄마는 내 얘기를 듣는 게 피곤했는지 더 따지지도 않으시고 다음부터는 무조건 그냥 사지 말라고 하셨다. 나는 분명 "네!"라고 대답하고선 다음에 또 다른 외판원이 오면 약속을 어겼다.

이런 내가 다단계에 빠지지 않은 건 그게 범죄라는 인식이 강해서 그랬던 것 같다. 혼자서 물건을 살 때는 충동구매를 거의 하지 않을 정도로 계획 소비를 하는 편인데 예고 없이 다가와 그럴듯한 말로 유혹하는 사람에게는 약했다. 면전에서 거절을 잘하지 못하는 성격도 한몫했다.

이십 대 이후에는 집에 있는 시간이 확 줄어들면서 외판원을 만날 기회가 사라졌고, 시대가 변하면서 외판원 자체도 많이 줄어든 거 같았다. 정가가 붙어있는 물건만 샀고, 컴퓨터나 전자기기를 사야 할 때는 똘똘한 남동생의 도움을 받았다. 상당히 오랫동안 나는 호구가 아닐 수 있었다. 적어도 스마트폰이 나오기 전까지는.

어찌 된 일인지 나는 똑같은 스마트폰을 쓰면서도 늘 남들보다 비싼 요금을 지불했다. 스마트폰 사용량이 남들보다 많은 것도 결코 아니었다. 요금제 선택에 문제가 있는 건데 계약할 때 직원이 나에게 꼭 맞는 요금제라며 추천한 것이었다. 직원의 설명을 듣고 있자면 다 일리가 있는 말이었고, 나를 위해 특별히 신경 써서 제안한다는 느낌까지 받았는데, 막상 요금을 낼 때가 돼서 확인해보면 항상 예상보다 많은 요금이 청구되었다. 고객센터에 문의해보면 내가 선택한 요금제에 따른 정확한 금액이라니 그냥 내가 호구라는 것 외에는 달리 이 미스터리를 이해할 방법을 모르겠다.

억울했다. 나는 왜 이렇게 남의 말에 잘 넘어가는가? 어릴 때 외판원들에게 물건을 샀을 때는 어려서 순진한 거라는 핑계라도 댈 수 있었지만 지금은 머리가 나쁜 거라는 생각만 들고 다른 이유를 찾을 수가 없다. 자존심 상하고 가슴이 답답하다. 자식의 0점짜리 수학 시험지를 바라보는 느낌이 이런 느낌일까? 이뿐만이 아니다. 내 머리는 도대체 뭐가 문제인 건지 쿠폰이나 각종 할인 혜택을 적용하는데 먹통이다.

이렇다 보니 내 주변엔 항상 나랑 똑같은 물건이나 서비스 이용권을 싸게 샀다는 사람들이 넘친다. 나만 손해 보며 살고 있다고 생각하면 자꾸만 내 지력이 의심되어서 자존심 상하고 가슴이 답답하다.

최악인 건 같은 실수를 반복한다는 점이다.

스마트폰을 살 때 혼자 가지 말고 남편과 같이 가라는 조언을 듣기도 했지만 그러고 싶지 않았다. 폰 하나도 혼자서는 똑바로 계약하지 못하고 남편에게 의지해야 한다는 게 한심하게 느껴졌기 때문이다. 결과적으로는 혼자 가서 진짜 한심해졌지만 말이다. 그렇게 수없이 호구가 되어봤지만 지금 쓰고 있는 아이폰 XR을 샀을 때는 호구 중의 호구, 호구 그 이하의 무언가가 된 것처럼 아둔했으니, 다시는 그런 실수를 반복하지 않기 위해 이제 그 일을 소상히 기록하려 한다.

　때는 지난해 11월, 오전 내내 책상 앞에 앉아있었더니 허리도 아프고 하여 동네 산책을 나섰다. 그날따라 이상하게 평소에 다니지도 않던 코스를 선택해서 걷는데 그 길 가운데에 스마트폰 대리점이 하나 있었다. 그저 걷다가 집으로 돌아갔으면 좋았으련만 무슨 이유에선지 그 대리점 문을 열고 안으로 들어갔다. 지금 생각해보면 뭐에 씐 게 분명하다는 생각이 들 정도로 당시의 나는 스마트폰을 새로 살 마음이나 계획이 전혀 없었다. 그 가게에 들어갈 이유가 없는데도 그냥 들어간 것이다.

　점장이라는 삼십 대 초반의 젊은 남자가 다가와서 찾고 계신 기종이 있냐고 물었고 난 그렇지 않다고 대답했다. 용무도 없이 가게에 들어온 것처럼 보이기 싫어서 그냥 최신 폰은 어떤가 구경이나 하러 왔다고 대답했는데, 어느 순간 정신을 차리고 보니 내가 테이블에 앉아서 그 점장의 설명을 열심히 듣고 있었다. 당시 나는 아이폰 6S를 사용 중이었다. 그런데 점장의 말에 따르면 내가 기종을 변경하면 지금보다 매달 더 저렴한 요금을 낼 수 있다는 게 아닌가. 최신 폰을 쓰면서 돈도 절약하는데 계약을 안 하실 이유가 없다는 말에 나는 거절할 이유도 찾을 수가 없었다.

점장은 강호동처럼 다부진 체격에 짧은 머리를 2:8 가르마를 타서 포마드를 발라 넘겼는데 강해 보였다. 태도가 공손하면서도 절도 있었고 그 모습이 어른스럽게 보였다. 그런 그가 계속해서 나를 '어머님'이라고 부르는 것이 마음에 걸렸다. 내게 장가보낼 때가 된 아들이라도 생긴 것 같은 기분이 들었다.

'내가 그렇게 늙어 보이나?'하는 생각에 판단력이 흐려진 걸까? 마음 한구석에서 분명히 석연찮은 기운을 느끼면서도 나는 그 점장이 하자는 대로 끝내 계약까지 가고 말았다.

점장은 친근하면서도 끈기 있고 예의 바르게 날 설득했지만 묘하게 위압적인 데가 있었다. 지금 생각해보니 그는 어릴 때 본 만화영화 《톰 소여의 모험》에 나오는 '인디언 조'와 무척 닮았고, 그래서 내가 무의식중에 그의 기운에 압도된 게 아닌가 싶다.

얼떨결에 계약을 마치자, 그의 직원이 원래 사용 중이던 내 6S에 있던 사진과 연락처 등을 새 폰으로 옮겨주겠다고 하면서 자기네 컴퓨터와 연결했다. 그 순간 무슨 조화인지 내 6S가

다른 사람의 폰과 동기화가 되면서 계정 자체가 사라져버렸다. 이전에 이 가게에서 계약한 손님의 폰과 동기화가 된 것이다. 믿을 수 없는 일이었다. 내 폰이 전혀 모르는 사람의 폰이 되어버린 것이다. 내 사진과 연락처 및 모든 자료는 복구 불능이었다. 점장 및 모든 직원이 아이폰 수리 센터는 물론이고 본사 등에 전화해서 복구 방법을 문의했지만 방법이 없었다. 미안하다는 사과 외에는 달리 보상을 받을 길도 없었다.

얼이 빠진 채로 신규 계약서와 새 폰의 종이박스가 담겨있는 쇼핑백을 들고 거리로 나서자 한기가 얼굴을 덮쳐왔다. 아무 일도 일어나지 않을 수 있었는데 괜히 가게에 들어가서 사고를 쳤다는 생각에 나에게 참을 수 없이 화가 났다. 할 수만 있다면 내 등짝을 한 대 세게 내리치고 싶었다.

나중에 확인해보니 나는 그 가게에서 2시간 넘게 있었다. 기가 막혔다. 여기서 끝이 아니다. 다음 달에 청구된 요금을 보니 가관이었다. 액수가 훨씬 늘어나 있었다. 고객센터에 문의하니 내가 원래 쓰던 6S의 약정 기간이 끝나지 않았고, 단말기 할부금도 남아서 그렇다고 했다. 호구인 내가 미웠다.

지금까지 나를 등쳐 먹은 사람은 모두 나보다 나이가 많은 사람들이었다. 그래서 호구가 될 때마다 나는 다시 어린애가 된 것 같이 움츠러들었다. 그런데 난생처음 나보다 어린 '애'한테 속아 넘어간 것이다. 게다가 그 자식은 날 '어머님'이라고 불렀다! 그 때문에 내가 약장수에게 홀딱 속아 넘어가는 순진한 시골 할머니가 된 것 같았다. 한순간에 나이를 2배나 먹은 것 같아서 현기증이 일었다.

거래나 매매를 척척 잘 해내는 사람을 보면 믿음직하고 어른스러워 보였다. 하여 나는 줄곧 내가 호구여서 어른스럽지 못하다고 여겨왔다. 하지만 이제 그게 어른스럽고 아니고의 문제가 아니라 그저 나란 사람의 취약점이라고 인정할 때가 된 거 같다. 혼자서 잘 해내고 싶었지만 도움이 필요한 영역임을 받아들이려 한다. 나는 호구지만 내게도 장점은 있다. 그걸 믿어야 한다. 앞으로는 남편과 함께 스마트폰을 사러 가겠다.

2장

마이웨이

한 움큼의 영양제

사십 대가 시작된 이후로 몸무게처럼 꾸준히 늘어나는 게 있는데 바로 복용하는 영양제의 개수다. 시작은 비타민C 한 알로 단출했다. 시간이 지나면서 멀티비타민, 프로바이오틱스, 오메가3, 마그네슘, 철분, 비오틴, 밀크씨슬, 콜라겐 등이 차례로 추가되었다. 아침마다 이것들을 챙겨 먹는 것도 일이다. 복용의 간소함을 위해 하루에 한 번, 한 알만 섭취하면 되는 제품들로 신경 써서 골랐다. 그럼에도 바쁜 아침이면 약통을 아홉 번이나 열었다 닫았다 하는 것이 수고스럽게 느껴져서 절로 한숨이 나온다.

삼십 대까지만 해도 선물 받은 영양제를 유통기한이 다할 때까지 먹지 못해서 그 비싼 걸 그냥 버리는 일이 부지기수였다. 먹으면 몸에 좋은 건 알지만 꼭 챙겨 먹어야 할 만큼 필요를 느끼지 못해서 벌어진 일이었다.

그러던 어느 날 우연히 티브이에서 한 중년 연예인이 식후에 한 움큼의 영양제를 복용하는 걸 보았다. 언뜻 보아도 스무 개는 족히 돼 보이는 알약을 한 번에 먹는다는 사실이 충격이었다. 그 중년 연예인은 평소 기행을 일삼는 것으로 유명했는데 당시 내 눈에는 그 많은 영양제를 먹는 것도 그의 기벽으로 보였다. 건강하려는 노력이 생에 대한 천박한 집착으로 보여서 나도 모르게 눈살을 찌푸렸다. '얼마나 오래 살고 싶어서 저걸 다 먹냐?'며 속으로 빈정거렸다.

복용하는 영양제 수가 다섯 개를 넘어가면서 나는 한 움큼의 영양제를 올려놓은 그의 손바닥을 종종 떠올렸다. 한동안은 영양제를 입안으로 털어 넣을 때마다 그에게 미안하다고 마음으로 사과했다. 젊은이가 나이 든 사람의 처지를 이해하는 건 불가능하다. 늘 하던 일이 어느 순간 힘겹게 다가올 때의 느낌, 몸이 예전 같지 않다는 느낌이 사람이 일상에 임하는데 얼마나 자신감을 잃게 하는지 이제는 안다. 몇 년 더 지나면 나도 그가 먹던 것만큼의 영양제를 먹게 될까? 아, 누가 알약 한 알에 필요한 스무 가지 성분을 다 넣은 영양제를 개발해주면 좋겠다!

스카프

가을, 겨울을 좋아하는 이유는 스카프와 머플러를
두를 수 있기 때문이다.
추운 날에도 목을 훤히 드러내 놓고,
미니스커트를 입을 수 있을 만큼 젊었을 적에는
계절을 그 자체로 사랑했었다.
그렇다. 겨울은 추워서 사랑스러웠다.
가을의 낙엽은 멋스러웠고.
지금은 예전처럼 이 두 계절을 꼭 껴안지 못한다.
일단 몸이 부대낀다.
해가 곧 바뀐다는 생각에 괜히 마음이 초조해진다.
물론 의연하게 한 살 더 먹고 싶다.
그러나 솔직히는 진짜 싫다.
흥, 나이 먹는 걸 괘념치 않는다고 호기롭게 말하는 분들,
진심입니까?

보르도에 사는 친구가 선물로 보내준
와인색 바탕에 초록색 이국 식물이 그려진
프렌치 스카프를 목에 두르며
그 애의 안부와 다정함, 무엇보다 물건을 고르는
훌륭한 안목을 잠시 떠올리고,
그저 칭칭 감아도 멋스러운 스카프의 놀라운 힘에
감동하며 밖으로 나간다.
거칠어진 바람도 썩 나쁘지 않다고 느껴진다.
나는 이게 스카프의 힘이라고 믿는다.

내 차 어디 갔어?

아침에 출근하려고 주차장으로 내려갔는데 차가 사라졌다. 내가 차를 세웠던 자리는 비어있었다. 기가 막혔다. 분명히 여기다 세웠는데… 혹시 다른데 세운 건가?

자리를 착각한 건가 싶어서 애용하는 자리 몇 군데를 먼저 가봤다. 거기에도 차는 없었다. 수업에 늦을까 봐 다급한 심정으로 주차장을 헤매고 다니는데 아무리 찾아도 차가 보이질 않자 어떡해, 어떡해, 라는 소리가 절로 튀어나왔다.

차를 도난당한 건가 하는 생각이 떠오르자 등줄기로 찌릿한 전기 같은 게 올라왔다.

가만, 키는? 키는 내가 가지고 있는데 차를 어떻게 훔쳐 가지?

열쇠가 없어도 시동을 걸 수 있나? 말도 안 돼.

그럼 어디 간 거야? 내가 차를 세웠던 곳이 혹시 블랙홀?

뭔 소리야?! 바보가 따로 없었다.

거의 울 듯한 심정이 되어 남편에게 전화를 걸었다.

"자기야, 차가 없어졌어! 주차장을 다 뒤졌는데 없어!"
"그럴 리가 있겠어. 잠깐만 좀 진정해봐."
"차가 없어졌는데 어떻게 진정을 해!!"
"저기, 어제 어디 갔었어?"
"어제?"
"응, 어제 차 가지고 어디 갔었는지 생각해봐."

내가 어제 어딜 갔더라… 어머, 나 어제 어디 갔었는지도 몰라?! 갈수록 태산이구나. 똥줄이 탔다.

"…… 생각났어! 백화점!"

'점'자를 발음하는 그 짧은 순간에 숨이 멈출 것 같은 아득함이 가슴에 차올랐다. 깨달음에 뇌가 저렸다. 내 차는 거기에 있을 터였다.

택시를 타고 학교에 가는 동안 참담한 심정으로 스마트폰을 열어 치매를 검색했다. 병원에 들어갈 것에 대비해 유서라도 써야 할 것 같았다.

네이버 검색 결과 다행히 치매는 아니었다. 아줌마들은 생각하고 기억해야 할 게 많아서 그렇다고 지식인 닥터가 알려주었다. 나만 그런 게 아니라는 사실이 위로가 되진 않았다.

수업을 마치고 백화점으로 갔다. 지하 3층 주차장에서 다른 차들 사이에 끼어 태연하게 서 있는 내 차를 보는 순간 한숨 같은 웃음이 새어 나왔다. 차는 저렇게 멀쩡한데 나 혼자 그렇게 애를 태우며 쌩쇼를 벌였다고 생각하니 부끄러웠다.

차를 몰아 집으로 돌아오면서 심각하게 생각할 필요 없다고 스스로를 다독였다. 그저 그럴만한 나이가 된 것뿐이라고. 결국에는 재미있는 추억이 될 거라고...

내 나이는 열 살

내 친구 영이 아들은 22살. 현재 군 복무 중이다.
내 친구 은이 아들은 16살, 사춘기 끝물에 접어든 중 3이다.
내 딸은 10살, 드디어 십 대가 되었다.
내 친구 연이 딸은 4살, 자기주장이 점점 세지고 있다.

우리들은 동갑이지만 서로 전혀 다른 나이를 살고 있다.

관리 요망

아무리 먹어도 살이 찌지 않던 때도 있었다. 진짜다. 십 년 전만 해도 그랬다. 지금은 물만 먹어도 살이 찐다. 제기랄. 어쩜 이래 정말. 한 달째 아침마다 한 시간씩 집 앞 공원을 달리고 있는데 몸무게에 유의미한 변화가 없다. 다이어트가 목적이 아니라 건강이 목적이라고 입버릇처럼 말하고 다니지만 무게가 줄지 않으니 실망스러워 때려치우고 싶은 충동이 일어난다. 외모지상주의에 대한 비판에는 백번 천번 동의하지만 그럼에도 날씬하고 싶고, 동안이 되고 싶은 것도 사실이다.

언젠가부터 몸이 부지런히 살피고 돌봐야 할 오래된 집같이 느껴진다. 젊었을 때처럼 가만히 있으면 방치한 게 된다. 관리를 해줘야만 제대로 기능한다. 노트북과 스마트폰을 보는 시간이 많은 나는 눈 건강을 먼저 챙겨야 한다. 생각날 때마다 수시로 안구운동을 하는데 한 번은 지하철 안에서 정신없이 눈알을 굴리다가 앞 사람과 눈이 딱 마주쳤다. 언제부터 날 보고 있었는지 모르겠지만 놀란 그 얼굴 덕분에 나는 아직 내리려면 한참 남았는데도 자리에서 일어나 다른 칸으로 건너가야 했다. 그 뒤로는 눈을 감고 안구운동을 한다.

코로나19 사태가 벌어지기 전에는 스트레칭과 근력 운동을 하기 위해 주 2회 필라테스 수업도 들었다. 운동을 끝내고 나면 기분이 좋지만 시작하기 전까지는 날마다 수업에 빠지고 싶은 유혹을 느꼈다. 필라테스 스튜디오까지 걸어가는 십분 남짓한 그 길 위에서 내 몸은 돌덩이로 가득 찬 낡은 마대자루 같았다. 의지가 그런 몸뚱이를 질질 끌면서 나아갔다.

살면서 해 본 몇 안 되는 운동 중에서 가장 나와 잘 맞는 건 수영이다. 이것도 동작을 배우고 익히는데 꼴찌 신세를 몇 달간 유지하며 겨우겨우 배웠는데 그렇게라도 배워두니 여름에 어디 휴가 갔을 때 풀장에서 평영을 즐길 수도 있고 해서 요긴하다. 하지만 동네에 맘 편하게 다닐 수영장이 없다. 시에서 운영하는 수영장은 강습을 받기 위해 신규 등록을 하려면 지정된 등록 기간에 새벽 4시부터 줄을 서야 겨우 등록할 정도로 경쟁률이 높고, 자유 수영은 보통 하루에 한 타임 있는데 낮 1시다. 그 시간에 자유 수영을 즐길 수 있는 사람이 누구인지 궁금하다.

어쨌든 수영이든, 필라테스든, 뭐든, 운동만 해서는 살이 빠지지 않는다. 이것이 마흔이 돼서 내가 마주한 가장 거대한 한계다. 살이 쉽게 찌지도 않았고 설사 쪘다 해도 빼는 게 그다지 어렵지 않았던 시절은 아주 끝나버렸다는 사실을 받아들이는데는 생각보다 오랜 시간이 걸렸다. 내 영혼이 내 몸 안에서 쾌적함을 느끼는 적정 체중을 유지하기 위해서는 입에 들어가는 걸 단속해야 하는데 그게 그렇게 어려울 수가 없다. 나는 떡볶이와 빵을 끊는 게 금연보다 어렵다고 확신한다.

먹는 낙을 진심으로 이해하게 되는 나이가 불혹이다. 책임과 의무를 다하는 것으로 꽉 찬 어른의 일상에 숨통을 트여주는 것이 그나마 입맛 당기는 맛 난 음식을 먹는 일이란 말이다. 먹고 싶은 대로 다 먹어버리면 몸이 불편하고, 식단 관리를 하면 영혼이 피폐해지니, 몸이냐 영혼이냐 이것이 문제로다.

얼굴은 또 어떠한가. 마흔을 넘기면서 얼굴 위에 자잘한 얼룩들이 눈에 띄게 늘었다. 크기도 모양도 조금씩 다른 그것들은 흑자, 잡티, 기미, 검버섯, 주근깨 등 저마다 다른 이름을 가진 색소 침착으로, 진단 결과 내 얼굴에 생긴 건 흑자와 잡티였다. 의사는 햇빛 노출이 원인이라는 뻔한 소리를 했지만 난 나이 든 탓이라고 생각했다. 마흔네 살이 되던 해 1월에 처음으로 피부과에서 레이저 시술을 받았다.

어느 날 세수를 한 뒤 화장을 하려고 거울 앞에 앉았는데 얼굴 전체에 믹스 커피가 튄 것처럼 보였다. 내 얼굴이 낯설고 불행해 보였다. 내 기분과는 전혀 상관없이 얼굴이 저 혼자 나에 대해 다른 이야기를 만들고 있었다. 겁이 많아서 웬만하면 병원엔 안 가는데 그날은 달랐다. 친구들을 통해 병원을 알아본 후 바로 예약했다. 2주 간격, 한 달 간격으로 레이저 시술을 받은 지 반년 만에 내 얼굴은 내가 알던 얼굴로 돌아왔다. 놀라웠다. 이 경험은 '자연스럽게 늙는다.'라는 내 생각에 큰 변화를 가져왔다.

피부에 가해지는 외적, 내적 자극에 반응하지 않으면서 그냥 놔두는 것이 능사가 아니었다. 적절한 관리로 자신이 원하는 인상을 만들면서 늙어갈 수도 있다는 걸 알았다.

최근에 인플루언서인 한 중년 여성이 자신의 얼굴에 생긴 얼룩에 대해 쓴 글을 읽었다. 그녀는 자연 친화적인 라이프 스타일을 지향하며 햇빛을 즐기느라 얼굴에 생긴 기미와 주근깨를 영광의 상처쯤으로 여기는 거 같았다. 자신의 SNS 계정에 올린 기미와 주근깨로 가득한 민낯 사진을 보고 일부 팔로 워들이 이탈한 날, 그녀는 진즉부터 주변 지인들로부터 피부 과에 가보라는 충고를 많이 받아왔지만 본인은 개의치 않는다 며, 다소 공격적인 태도로 시술 없이 주근깨를 받아들이는 자 신을 옹호했다.

그런 이유로 언짢한 사람들도 이해가 안 되지만 시술을 선 택한 사람들을 멋쩍게 만드는 그 글도 탐탁하지 않았다. 그리 스 조각상같이 오똑한 코를 가진 그녀의 중성적인 얼굴에 주근깨와 잡티는 화보 촬영을 위해 일부러 그려 넣은 메이크 업처럼 잘 어울렸다. 그녀의 팬들은 그 얼굴과 분위기를 사 랑한다. 세상에는 이렇게 잡티와 주근깨를 근사하게 소화하는 얼굴도 있는 것이다. 나는 생각했다. '그대가 잡티와 주근깨를 그냥 두는 것은 그대가 보기에도 그것이 괜찮기 때문입니다.'

하지만 나를 포함한 많은 동양 여성들의 얼굴에서 기미는 빈곤과 피곤을 의미한다. 한 마디로, 없어 보이는 거다. 그래 서 자기가 할 수 있는 한 최선을 다해서 없애려고 애쓰는 거 다. 그냥 놔두면 아무 일도 없는데 "무슨 안 좋은 일 있냐?"는 질문을 받는다.

나도 주근깨와 잡티가 어울리면 그냥 두겠다. 병원비도 안 들고 얼마나 좋아? 사람들은 자기에게 좋은 것이 모두에게도 좋을 거라고 쉽게 믿는 경향이 있다. 착각이다.

머리부터 발끝까지 온몸 구석구석의 기능이 예전 같지 않을 때 그때가 나를 더 사랑해줘야 하는 때라는 생각이 든다. 언젠가 차가 밀리는 강변북로 위에서 옆 차선에 서 있는 옛날 포니 승용차를 본 적이 있다. 단종 된 지 오래된 그 차가 아직도 멀쩡히 도로 위를 달린다는 사실이 믿기지 않아 한참을 쳐다보았다. 그렇게 오래된 차가 어디 긁힌 자국 하나 없이 이제 막 세수를 마친 어린아이의 얼굴처럼 깨끗하고 반질반질했다. 주인이 차를 애지중지 관리해왔음을 단박에 알아볼 수 있었다.

나도 그 포니 승용차처럼 단정한 모습으로 나이 들고 싶다. 낡고 약해져 가는 내 몸 구석구석을 살뜰히 어루만지고 보살피겠다. 나는 소중하니까.

SNS 시대

나만 빼고 모두가 다 잘 사는 거 같다는 커다란 착각이 만고 불변의 진리처럼 다가올 때가 있다. 이 불완전한 세상에서 절대로 그럴 리가 없는데도 자꾸만 SNS에 올라오는 이미지에 걸려 넘어진다. 그래서 얼마 전부터 보정이 잘 되는 최신 앱 카메라로 셀피를 찍어놓고 쳐다보면서 오히려 이렇게 혼잣말을 한다.

"사진으로 보니 뭐 괜찮네. 아직 살 만한가 봐!"

상처가 되는 부모의 말

티브이를 거의 보지 않는 내가 그래도 챙겨보는 몇 가지 프로가 있는데 바로 음악 경연 프로그램이다. 꿈과 재능을 가진 젊은이들이 도전하는 모습을 보는 것이 즐겁다. 온 맘을 다해 응원해주고 싶다. 그들을 응원하면서 내 안의 열정이 회복되는 것을 느낀다. 그런 프로그램은 도전자들의 개인사를 한 편의 드라마처럼 짧게 엮어서 경연이 진행되는 중간중간 보여준다. 도전자들의 사생활을 엿본 시청자들은 그들에게 더 친근감을 느끼게 마련이고, 그럼으로써 경연에 더욱 몰입하며 자기가 선택한 사람을 열렬히 응원하게 된다. 그런 프로그램들을 지난 수년간 열심히 봐왔기에 정말 다양한 사연을 접할 수 있었는데 그중에서도 유독 잊히지 않고 뇌리에 남는 장면들이 있다.

지금은 성공한 한 래퍼의 아버지는 아들이 랩에 몰두하는 모습을 줄곧 못마땅하게 여겼다. 밥벌이도 되지 않는 쓸데없는 짓이나 하고 다닌다고 여긴 것이다. 아들이 만든 곡을 단 한 번도 제대로 들어본 적도 없으면서 그를 무시했다. 아들에게 어째서 랩을 그렇게 좋아하는지, 랩을 할 때 무엇을 느끼는지 물어보기라도 했으면 어땠을까?

　어느 날 무정한 아버지는 아들이 집을 비운 사이에 그가 수년 동안 공들여 만든 곡이 담긴 모든 테이프를 갖다 버렸다. 자신의 만행에 대해 아무 거리낌 없이 말하는 그 아버지를 보며 나는 온몸으로 경악했다. 그 테이프에는 아들의 피와 영혼이 담겨있는데! 상상도 할 수 없는 일이었다. 그런 아버지 곁에 말없이 앉아있던 그 래퍼의 숨길 수 없는 쓸쓸한 표정이 지금도 생생하게 떠오른다.

　자식의 재능이나 꿈이 나를 불안하게 한다고 해서 함부로 깎아내리거나 무시하는 말을 하고 있지는 않은가? 특히 자식이 예술 분야에 관심이 있거나 소질을 보이면 많은 부모가 그런 일로는 제대로 돈을 벌지 못할 거라는 생각에 지레 겁을 먹고, 아이가 가진 재능의 정도를 쉽게 폄하하는 경우를 본다. 정작 자신들은 그러한 예술적 재능을 판단할 전문적인 지식이나 식견조차 없으면서 말이다.

굳이 뒷바라지 안 해줘도 한 사람이 가진 재능은 스스로 싹을 틔우고 발전할 힘을 지니고 있다. 뒷바라지나 격려를 해줄 능력이 안 되거든 그저 묵묵히 지켜봐 줄 수 있는 아량이 있는 부모가 되면 좋겠다.

"네가 무슨 재능이 있냐?", "네가 그걸 잘 할 리가 없다. 그런 건 아무나 하는 게 아니다.", "평생 돈도 못 벌고, 누굴 힘들게 하려고 그러냐?" 같은 말은 아이의 마음에 평생 해독되지 않는 독을 치는 것과 같다. 아이가 그 선택으로 인해 고생하며 살게 될까 봐 걱정되거든 그저 조용히 기도해주면 좋겠다.

부모가 던진 쓰디쓴 독설은 자식의 내면에 지워지지 않는 소리로 남아 아이의 자존감을 낮추고, 죄책감을 느끼게 한다. 잘 할 수 있는 아이임에도 작은 난관에 부딪히면 부모가 했던 못된 말들이 가슴속에 울려 퍼지며 더 큰 좌절감을 느낀다.

희한하게도 세상 모두가 인정해주어도 부모가 인정하지 않으면 그 사람은 자신이 실패했다는 생각에서 좀처럼 벗어나지 못한다. 부모란 그런 존재다. 죽어서도 자식의 마음에 남아 목소리를 내는.

그런가 하면 한 래퍼의 아버지는 실력이 높은 상대를 만나 고전을 면치 못하고 있는 아들에게 객관적인 평가를 해주려고 애쓰고 있었다. 아들에게 필요한 건 무조건적인 응원인데 그 어리석은 아버지는 "솔직히 상대방이 너보다 잘하더라."라고 말했다. 기가 막혔다. "아빠가 볼 때는 네가 최고야! 네가 일등이야!"라고 말해야 했다. 아버지의 냉정한 평가에 아들은 숨을 쉴 수 없는 듯 답답한 표정을 지었다.

부모들은 세상 모두가 내 아이에게 객관적이고 냉정한 평가를 찔러댄다는 걸 기억해야 한다. 부모인 나까지 그런 평가를 하지 않아도 이미 밖에서 물릴 정도로 듣고 있다. 자식에게 필요한 건 차가운 세상을 버티는 데 힘이 되는 부모의 지지와 격려다.

나이가 마흔쯤 되면 부모님의 말씀에 상처받지 않을 때도 된 거 같은데 그렇지가 않더라. 나는 한 번도 부모님으로부터 만족스러운 칭찬을 받아보지 못했다. 학창 시절에 그렇게 많은 상장을 받아왔어도 늘 당연히 여기시는 듯했고, 그 후에도 내가 무엇을 해내든 칭찬에 인색하셨다. '다음엔 더 잘해야지.'나 '처음 하는 거 치곤 잘했다.' 같은 식의 반쪽짜리 칭찬은 나를 화나게 했고 서럽게 했다. 내가 매사에 다소 자신감이 없는 이유는 부모님의 이런 양육 태도에서 비롯된 게 아닐까 생각한다.

나는 활짝 웃으며 온 마음으로 기뻐하는 부모님의 모습을 보고 싶었다. 그리고 다행히도 그런 칭찬을 시어머니에게서 받았다. 내가 첫 책을 출간했을 때 어머님은 책이 너무 재미있어서 중간에 덮을 수가 없었고, 그래서 단숨에 다 읽었다고, 어쩜 이렇게 글을 잘 쓰냐고 하시며 크게 기뻐하셨다. 그 말씀을 듣고 너무 좋아서 눈물이 나올 뻔했다. 글쓰기에 자신감이 떨어질 때마다 어머님의 그 칭찬을 떠올리면 힘이 난다.

세상의 모든 부모는 누군가의 자식이다. 우리가 부모에게 상처받은 기억을 제대로 이해하고, 치유하려고 한다면 우리 자식에게는 같은 상처를 주지 않으려고 노력할 거라 믿는다. 완벽한 부모가 될 필요도 없고, 되고자 해도 그럴 방법도 없다. 다만 부정적인 평가를 하지 않으려는 노력은 정말 필요하다. 그런 말은 어떻게 해도 삭제가 불가능하기 때문이다.

부모가 믿어주지 않아도 성공하는 사람은 많다. 하지만 믿어준다면 그 사람의 마음은 허기짐 없이 늘 든든하고 따뜻할 것이다.

교육의 본질

스무 살이 훌쩍 넘은 대학교 4학년 학생들도 "잘하고 있다."는 교수의 칭찬 한마디에 눈빛과 행동이 확 밝아지는 것을 본다. 그런 모습을 볼 때마다 가슴이 찡하다.

내가 학생일 때 나의 교수님들은 학생의 장점을 칭찬하기보다는 단점을 보완하는데 정말 많은 애를 쓰셨다. 더 잘하게 만들려는 좋은 뜻이 있었겠지만 날카롭게 날아드는 계속되는 지적에 많은 친구가 크게 상처를 받았고, 다시는 무대에 설 수 없게 된 경우도 있다. 배우면 배울수록 자신감을 잃고 기가 죽는다면 그걸 어떻게 교육이라고 할 수 있을까?

강단에 서면서 내가 다짐한 한 가지는 내가 그토록 받고 싶었던 관심과 지지를 학생들에게 주겠다는 것이다. 학생들 한 명 한 명이 갖고 있는 장점을 끊임없이 구체적으로 확인시켜주는 것, 스스로를 의심하지 않아도 된다고, 너 자신을 믿으라고 계속 독려하는 것, 그래서 아이들이 자신의 꿈을 지속가능한 일로 만들며 즐겁게 해나갈 수 있는 내적인 힘을 갖도록 하는 것, 그것이 나의 교육 목표다.

세상에 쉬운 일은 없다

알렉스 카츠 전시회에 갔을 때의 일이다.

도슨트가 말하길 "카츠의 그림이 단순해 보여서 '나도 그릴 수 있을 거 같은 그림인데 이 사람이 왜 대가냐?'라는 질문을 많이 하세요. 그런데 이분 초기작품들을 보면 기본기가 굉장히 탄탄하세요. 그걸 바탕으로 지금 보시는 이 스타일을 자신만의 스타일로 만드신 거죠."

사람들의 무지함이 가끔 나를 정말 화나게 만든다. 그 그림이 어디가 쉬워 보이나? 그렇게 쉬워 보이면 직접 한번 그려보면 어떨까? 단순해 보이는 그 얼굴의 윤곽을 만들어내기 위해, 카츠 본인만의 터치를 만들기 위해 꼭 알맞은 사이즈의 붓, 꼭 알맞은 느낌의 획, 꼭 알맞은 질감, 꼭 알맞은 색깔, 꼭 알맞은 '그것' 하나를 찾느라 수년에 걸쳐 셀 수도 없는 붓놀림을 했을 게 분명한 그림인데!

《코카콜라 걸》시리즈만 봐도 수많은 작가가 코카콜라 광

고를 보고 그걸 마셨을 텐데 이런 그림으로 그려 낸 사람은 카츠가 유일하다. 그림 바탕의 오렌지색 하나를 찾는데도 엄청난 시간이 걸렸을 거고, 저 큰 화폭에다 일관되게 색을 칠하는 것도 아무나 할 수 있는 일은 아니다.

보기에 쉬워 보인다고 하기 쉬운 일은 아닌데 많은 사람이 예술가의 작업이 자기들이 하는 일보다 쉽다고 여긴다. 그래서 그들이 누리는 명성이나 인기 그리고 돈을 마치 쉽게 얻은 것처럼 말하거나 심지어 비난한다.

윤태호 작가의 《미생》에서 주인공 장그래가 또래의 친구들처럼 스펙 쌓기에 시간을 보내지 않고, 기원에서 보낸 시간이 다른 인턴사원들에게 완전히 무시되는 걸 보면서 마음 아팠던 기억이 난다. 바둑이 토익 점수 쌓는 거보다 쉬울 것 같은가? 내가 하는 일만 일이고 다른 사람의 다른 노력은 쉽게 보는 이런 무지함은 그저 대입, 대기업 입사가 아니면 길이 아닌 것처럼 아이들을 키워내는 사회가 만든 '무서운 병증'으로 보일 뿐이다.

그림을 보면서도 감상이 아니라 평가를 하고, '별것도 아닌데 왜 유명해? 왜 돈 잘 벌어? 왜 잘나가?' 하는 생각밖에 하지 못하는 그 가난한 마음이 정말 유감이다.

새로운 시대의 전시 관람법

요즘 전시회에 갈 때마다 드는 생각은 미술 작품이 주인공이 아니라 촬영용 소품 같다는 거다. 전시장은 흡사 거대한 스티커 사진 부스 혹은 포토존 같다. 관람객 대부분은 작품을 배경으로 스마트폰 화면에 비친 자기 모습에 더 집중하는 느낌이다. 전시장에 넘쳐나는 이런 나르시시즘의 범람이 흥미로워서 나는 작품보다는 셀피를 찍는 사람들을 관람하게 된다.

'이런 것도 인터렉티브 아트로 봐야 할까?' 생각하며 혼자 웃는다. 새로운 시대의 예술의 역할에 대해 생각하지 않을 수 없다.

"사색에서 유희로!", "전시장의 놀이 동산화!" 이런 구호가 농담 반 진담 반의 느낌으로 머릿속을 맴돈다.

다시 꿈꿀 수 있을까

어제는 아이와 함께 마이리틀앤서점*에 갔다. 사장님의 둘째 딸이 우리 애랑 동갑이라 애들은 애들끼리 놀고 나는 사장님과 린이라는 이름의 또 다른 손님과 대화를 나누었다. 모두 학부모인지라 먼저는 코로나 때문에 학교에 가지 못하는 애들을 걱정했고, 이어서는 코로나로 인한 경제적 어려움, 그리고 전혀 예측할 수 없는 올 하반기를 상상하며 한숨을 쉬었다. 하지만 그런 답답한 이야기를 나누는 중에도 우리는 즐거웠다. 왜냐하면 우리는 집 밖으로 나왔고, 만났고, 대화하고 있었기 때문이다.

린은 올해는 여행을 많이 다닐 계획이었는데 상황이 이렇게 되어 무척 아쉬워했다. 그 말을 듣자 나도 올해 여행 계획이

---

* 경기도 하남시 덕풍동에 소재한 동네서점으로 2019년에 오픈했다. 영국식 엔틱숍을 연상시키는 분위기가 다정한 이곳에서 필자는 한 달에 한 번 그림책테라피 워크숍을 진행하고 있다.

있었다는 사실이 떠올랐다. 그렇다. 나는 올해 '드디어' 그리고 '반드시' 혼자만의 여행을 떠나야겠다고 생각하고 있었다.

결혼한 지 10년, 아이 나이 열 살, 나에게 주는 포상 휴가랄까? 일주일 정도 혼자 일본을 여행할 계획이었는데 코로나19로 인해 집에 갇혀있으면서 까맣게 잊고 있었다. 이 중요한 걸 잊고 있었다는 사실에 속으로 놀라고 있는데 사장님이 우리에게 대만에 가본 적이 있냐고 물었다. 린과 나는 대만에 가본 적이 없었다. 사장님은 대만에 대한 애정을 듬뿍 담아 자신이 여행했던 어떤 도시를 설명했는데 이름도 낯선 그곳은 한 마디로 영화 《화양연화》에 나오는 중국풍의 앤틱한 거리 같았다.

대만에 대해 별 관심이 없었던 나는 그 설명에 마음이 조금 움직였지만 언제 그곳으로 여행할 수 있을지 알 수 없단 생각에 이내 쓸쓸해졌다.

대만 이야기를 하면서 사장님은 자연스럽게 대만에다가 마이리틀앤 서점 2호를 내는 게 꿈이라고 말씀하셨다. 린과 나는 놀랐는데 감출 수 없는 본능적인 놀람이었다. 그렇게 놀라면서 동시에 난 그 본능적인 놀람의 기저에 단단한 편견이 자리 잡고 있음을 금방 깨달을 수 있었다. 바로 '현실적으로 봤을 때 이루기 어렵다'는 생각이다. 그러나 사장님은 우리의 놀람에도 아랑곳하지 않고 이야기를 이어나갔다. 그의 꿈은 대만에서 그치지 않았다. 더 나아가 런던과 뉴욕에도 서점을 낼 거라고 했다.

우리는 그 과감한 꿈에 너무 놀라 그저 "와" 하는 탄성만을 작게 내뱉을 뿐이었다. 그런 우리를 보며 사장님은 약간 수습하듯이 꿈은 크게 꿔야 한다고 들었다며, 또 이렇게 자꾸 공표하고 다녀야지 진짜 이루어진다고 해서 말하는 거라며 웃었다. 우리는 고개를 끄덕이며 수긍했다. 사장님은 순진해서 그런 꿈 이야길 하는 게 아니었다. 린과 나 그리고 그의 꿈을 들은 다른 사람들이 놀라는 이유도 알고 있다. 어쩌면 비웃음을 살 수 있다는 것도 당연히 알고 있다. 하지만 그런 게 뭐가 중요한가. 중요한 건 꿈이 있다는 것과 그걸 이루고 싶은 의지가 있고, 그래서 노력하고 있다는 사실 아닌가. 그리고 꿈이란 건 본래부터 현실과 거리가 먼 것이다. 현실을 바탕으로 세우는 꿈은 꿈이 아니라 계획이다.

요즘 내가 날마다 꿈이랍시고 생각하는 것들은 꿈이 아니라 모두 계획이라는 깨달음이 내 뒤통수를 쳤다. 사장님의 갑작스러운 꿈 커밍아웃에 내가 꿈꾸기를 포기하고 있었다는 걸 깨달았다. 정말로 놀라야 할 일은 사장님의 원대한 꿈이 아니라 내게 꿈이 없다는 사실이었다.

　나는 어떻게 꿈을 잃어버렸나.

　답은 어렵지 않게 찾을 수 있었다. 내가 올해 혼자서 일본 여행을 하겠다고 마음먹은 것을 완전히 잊었던 것에 힌트가 있다. 불가능할 거 같으니 자연스럽게 잊어버린 거다. 그래야 마음이 편하니까.

　큰 꿈이 현실을 사는데 부담이 되었던 때가 있었다. 꿈과 현실의 괴리가 너무 크니까 그런 상상이 더는 즐거울 수 없었던 때 나는 꿈을 잊었다. 그렇게 나도 모르는 사이에 꿈 없이 사는데 익숙해진 것이다. 그저 당장 눈앞의 일들만 계획하면서 나는 그게 꿈이라고 착각하고 있었던 거다.

　사장님과 헤어져 집으로 돌아오는 길에 다시 꿈을 만들려고 애써 보았지만 쉽게 떠오르지 않았다. 뭐라도 괜찮으니 되든 안 되든 그냥 생각만 해볼 수도 있는 건데, 그걸 아는데도 떠올리기가 힘들었다. 생각하려 할수록 무수한 단기 계획만 줄지어 떠올랐다. 지극히 현실적이며, 해결해야 할 과제의 성격을 띤 그런 계획들. '내가 현실에 갇혔구나!'라는 탄식이 나왔다. 꿈이 없는 것도 모자라 꿈을 꿀 능력마저 잃다니.

서점을 나서기 전, 무언가를 말하던 끝에 별생각 없이 "이제 나이도 많고…"라고 했더니 사장님이 잠시 틈을 두었다가 "뭐가 나이가 많아요."라고 대답했다. "우리 아직 젊어요. 백세 시대인데…"라고 말하며 웃는 얼굴을 보니 머쓱해진 한편 기뻤다.

내 말에 바로 응수하지 않고 잠시 틈을 둔 것으로 보아 그냥 듣고 넘기려다가 마음을 바꾸어 꺼낸 말임을 알 수 있었다. 그렇게 굳이 말해주어 고마웠다. 그 말을 듣고서야 깨달았다. 내가 그런 말을 듣고 싶어 했다는 것을. 가능성을 열어주는 말. 꿈을 꾸게 하는 말. 당장은 아무 꿈도 떠오르지 않고, 그래서 실망스럽기도 하지만 아무것도 늦은 것은 없으며 꿈을 꾸는 데 두려워할 필요는 없다는 생각이 들자 마음이 따뜻해졌다.

다시 꿈을 꾸고 싶다. 상상만으로 즐거워지는, 삶에 활력을 불어넣고 미래를 기대하게 만드는 그런 과감한 꿈을 꾸고 싶다. 아무 주저함 없이. 너무 당연하다는 듯이.

돈 못 버는 여자

오랜만에 동네 엄마들과 차를 마시러 갔다. 모두가 한마음으로 아이들 등교 준비를 하는 아침 시간에 받은 스트레스에 대해 토로하던 중이었다. A엄마가 요즘 젊은 엄마들 중에서 육아를 유난히 힘들어하는 여자들이 있다며 화제를 돌렸다.

좀 잘 사는 집 딸들인데 결혼 전에 제대로 된 직장이 아니라 갤러리 같은 곳에서 아르바이트로 일을 한다든지 그런 류의 파트타임 직업을 가지고 있다가, 결혼하고 아이를 낳았는데 육아를 유난히 힘들어하면서 돈도 안 벌고 아이 돌보는 것도 싫어한다며 왜 그걸 페미니즘이랑 엮으려는지 모르겠다고 했다.

이 얘기를 들을 당시에는 나도 이게 힘든 일은 아무것도 하기 싫어하는 유약한 젊은이들에 대한 이야기인가 보다 생각하고, "어른이면 책임감 있게 살아야지."라고 응수하며 넘어갔다. 뭔가 석연치 않은 구석이 있었지만 다른 할 얘기도 많고 해서 넘어갔는데 헤어지고 나서 뒤늦게 그 불편한 감정의 실체가 뭔지 이해되었고, 결국 생각하느라 잠을 못 이룰 정도로 스트레스를 받았다.

먼저 '제대로 된 직장도 없으면서, 돈도 안 벌고, 아이도 보기 싫어한다.'라는 말로 일반화된 여자들을 생각해보자.

A엄마의 주장에 따르면 그 여자들은 가족의 생계비로 쓰일 수입을 벌지 못하기 때문에 가사와 육아를 전담하는 게 마땅하며, 그 마땅한 일을 힘들어하고 불평하기 때문에 잘못되었다는 건데 정말 그런가? 이 같은 주장은 결혼을 '거래'로 보는 관점을 취한다. 남자인 나는 돈을 벌고, 너는 내 돈으로 먹고 살기 때문에 가사와 육아를 도맡는 게 마땅하다는 이 거래는 언제부터 성립한 것인가? 결혼 당시에 그 여자들이 이 같은 거래에 합의했는가? 아마 아무도 이런 합의 같은 건 하지 않았을 것이다.

세상은 이런 여자들에게 "그게 싫으면 너도 나가서 돈을 벌든가!"라고 질타한다. 나는 묻고 싶다. 그래서 정말 여자가 나가서 돈을 벌면 그때는 남자들이 집에서 육아와 살림을 전담

할 것인가?

"예스."라고 대답하는 남자가 몇이나 될지 몹시 회의적이다. 현실은 어떠하냐? 맞벌이하는 가정을 보면 답이 나온다. (안 그런 가정도 분명히 있지만) 대체로 여자가 남자와 수입이 같거나 남편보다 더 많이 버는 경우라고 해도 남편이 육아와 살림을 도맡아 하는 걸 나는 본 적이 없다. 무엇보다 수입에 따른 육아와 가사분담이라는 거 자체가 너무나 계산적이고 이해타산적이라 사랑과 배려를 바탕으로 함께 살고자 한다는 결혼의 취지와 어울리지 않는다. (결혼의 취지가 그런 것이라는 가정하에)

요즘 김희애가 나오는 《부부의 세계》라는 드라마가 이슈가 되고 있다. 김희애가 맡은 지선우라는 인물은 가정의학과 의사고, 남편 이태오는 영화감독을 꿈꾸었다가 일이 잘 풀리지 않아서 의사인 아내가 차려준 프로덕션의 대표로 살아가는 설정이다. 그런데 이 남편이 젊은 여자랑 바람을 피우고 주변 사람들까지 이 불륜을 덮어주어서 지선우가 복수하는 내용이 전개된다.

이태오라는 인물은 결혼 후 제대로 돈을 벌어온 적도 없고, 그렇다고 육아와 살림을 도맡지도 않았다. 계속 자기 꿈을 좇으면서도 어떤 비난도 받지 않았다.

만약에 김희애가 남자고 이태오가 여자라면 어땠을까? 의사 남편, 영화감독 지망생 아내라면? 그 아내가 수입도 제대로 없고, 입봉도 못했다. 근데 아이를 낳았다. A엄마의 논리대로라면 여자 이태오는 반드시 양육과 살림을 도맡아야 한다. 그리고 자기가 하고 싶은 일은 원래 영화감독이었는데 육아만 하고 있어서 불공평하다고 불평해서도 안 된다. 왜냐하면 돈을 벌지 못하고 있으니까. 그런데 다행히도 이태오는 남자고 그래서 아내가 벌어주는 돈으로 프로덕션도 차리고 꿈 언저리를 계속 더듬을 수라도 있는 것이다. 아무도 남자 이태오에게 왜 돈도 안 벌면서 집에서 육아와 살림을 하지 않냐고 비난하지 않는다.

현재의 무수입을 근거로 여성이 가사와 육아를 전담하는 게 마땅하다는 주장이 더 위험한 것은, 그 여성에게서 미래를 앗아가기 때문이다. A엄마는 돈도 벌지 않는 여자들이 애도 보기 싫어한다며 그걸 왜 페미니즘이랑 엮는지 모르겠다고 나무랐지만 그 여자들이 돈을 벌고 싶어 하지 않는지 어떻게 확신하는지 궁금하다. 그냥 지금 수입이 없기 때문에 그렇게 쉽게 일반화시키는 건 아닌가 싶다.

육아와 살림을 도맡는 순간 그 여성은 자기계발을 할 시간이 없다. 그 결과 커리어를 발전시켜서 미래에 수입을 만들 기회조차 원천 봉쇄되는 것이다.

한 마디로 지금 수입이 없으니까 앞으로도 수입이 없게 되는 패턴에 갇히는 거다. (물론 세상에는 여러 명의 아이를 키우면서도 본인의 잠을 줄이고 시간을 쪼개서 커리어를 살리는 여자들도 있다. 그런 여자들을 보면서 왜 너는 그렇게 못 사냐고 하면, 형편이 어려워서 학원 한 번 못 가고, 과외도 받아본 적 없는데 서울대 간 사람의 예를 들면서 왜 너는 서울대를 못 가냐고 하는 거랑 뭐가 다른가?)

그래서 그 여자들은 자기가 지금 수입이 없어서 육아를 전담하지만 그 같은 현실이 부당하다고 말하고, 그걸 페미니즘에 연결 짓는 거라고 생각한다. 그런데도 A엄마 같은 여성에게서도 이해받지 못하고, 사회로부터 욕을 먹고 있는 거다. 세상에는 별별 사람이 다 있으니까 A엄마 말대로 돈도 벌기 싫고, 애도 키우기 싫고, 힘든 건 다 싫다고 하는 사람도 있을 수 있고, 또 본인이 직장생활보다는 육아와 살림이 적성에 맞아서 즐겁게 전업주부로 지내는 경우도 있을 것이다.

그러나 여자가 자발적으로 전업주부를 선택했다고 하더라도 남자가 집에서 손 하나 까딱하지 않는 것이 바른 것인지는 모르겠다.

자발적으로 전업주부가 된 여자들은 세상의 기대와 자신의 바람이 일치하기 때문에 사회와 불화하지 않고 지낼 수 있다. 하지만 A엄마가 지적한 그 젊은 여자들은 돈도 벌지 않으면서 육아와 살림이 아닌 다른 일을 욕망하기 때문에 비난받아 마땅하게 여겨진다. 이게 누구 이야기겠나? 결국 《82년생 김지영》* 이야기다. 김지영의 수입이 남편보다 많았으면 그 남편이 집에서 김지영처럼 전업주부로 사는 게 마땅하다고 했을지 난 정말 궁금하다.

자신도 전업주부이며 독박육아가 힘들다고 불평하는 A엄마가 자신과 조금 다른 처지에 있는 여자들을 가부장적 시선으로 바라보는 것이 몹시 아이러니하다. 덕분에 21세기의 페미니즘이 어디에 초점을 맞추고 나아가야 할지 다시 생각하게 되었다. 진짜 큰 적은 우리 내면에 있다.

---

* 김도영 감독의 영화 《82년생 김지영》

love myself

일회성 독서 모임에서 "난 내가 참 맘에 들어요."라고 말하는 사람을 만났다. 가벼운 미소와 함께 어떤 부대낌 없이 편안하고 자연스럽게 발화되는 그 말을 들으며 나는 당황했다. 잘 아는 곳에서 길을 잃었을 때의 느낌이었다. 그러면서 새삼 깨달았다. 사람이 자기 자신을 마음에 들어 할 수도 있다는 것을. 그리고 난 나를 마음에 들어 하지 않는다는 것을.

지금의 나는 오랫동안 마음에서 그려왔던 이상적인 내가 아니다. 여전히 소심하고, 겁 많고, 이재에 밝지 못하고, 말투가 세련되거나 우아하지도 않고, 흥분하면 목소리가 커지고, 이 나이가 되도록 집중하거나 초조하면 손톱을 물어뜯고, 또 돈을 많이 벌지도 못했고, 몸무게가 10킬로그램이나 늘었고, 기대했던 만큼 인정받는 예술가가 되지도 못했고, 기타 등등. 내 단점과 부족함을 나열하자면 끝이 없을 거 같다. 이런 탓에 나를 있는 그대로 사랑하지 못했다. 내 기대를 만족시키지 못한 나를 나도 모르게 외면하고 있었다는 걸 깨달았다. 내가 지금 이 자체로도 충분하다는 생각을 해보지 않았다.

　내게 자신이 마음에 든다고 말한 그 사람은 스스로 완벽하다고 믿어서 그런 말을 한 게 아니다. 그냥 있는 그대로의 자신을 사랑하고 아끼고 키워가고 있다. 언젠가 나도 그이처럼 "난 내가 참 마음에 들어요."라고 말할 수 있을까?

　자신과 화해하고, 이 모습 이대로의 나를 사랑하는 법을 배우는 것이 지금 가장 집중해야 할 중요한 과제라는 걸 알겠다. 나를 온전히 사랑하고 싶다.

영원의 감각

며칠 전의 일이다. 뭔가 마시고 싶은데 커피는 당기지 않고 선물 받은 녹차 티백이 떠올라 습관처럼 전기 포트에 물을 끓여 티백을 우려냈다. 집에서 혼자 차 한 잔을 마셔도 예쁜 찻잔을 세팅해 자신을 대접하는 사람도 많던데 나는 늘 그런 여유에 인색하게 지낸다.

노상 쓰던 물컵인 머그잔에 아무 생각 없이 티백을 던져 놓고 물을 부었다. 멍하니 차가 우러나길 잠시 기다렸다가 컵을 들고 식탁 앞에 가서 앉았다. 김이 모락모락 나는 녹차가 조금 식길 기다렸다가 혀를 댈까 걱정하며 조심스럽게 한 모금 입에 머금었는데…

그 한 모금의 녹차가 입안에 머물다 식도를 거쳐 위로 흘러 내려 가는 동안 나도 모르게 눈을 지그시 감았더라. 차 한 모금에서 '영원'을 느낀다는 것, 그런 것이 진짜로 있구나...

이전까지 다도를 일종의 형식미로 여겼는데 차를 즐기는 사람들을 진심으로 이해하게 되는 순간이었다. 이렇게 중요한 깨달음이 아무 준비도, 성의도 없는 상황에 찾아왔다는 것이 경이로웠다. 난생처음 느끼는 감각. 나도 모르게 자리를 고쳐 앉아 두 손으로 공손하게 컵을 들고 눈을 감은 채로 천천히 차를 마셨다.

그 뒤로 자주 이 순간이 떠오른다. 다른 녹차 티백과는 정말 달랐다. 찻잎을 만들어낸 자연의 섭리, 거기에 더해진 장인의 솜씨에 대해 자꾸만 생각하게 된다. 그리고 다른 티백과 이것을 구별하게 만든 요소를 거듭 되짚어보게 한다.

그러다가 문득 아버지가 떠올랐다. 주말이면 정성스럽게 다기에 녹차를 우려 마시던 젊은 시절의 아버지. 아버지의 차를 한 모금 얻어 마시곤 쓴 풀이라도 씹은 듯 "이런 걸 왜 마셔?" 하던 어린 나의 모습도. 그런 날 보며 뜻 모를 미소를 짓던 아빠의 얼굴도… 그때 아버지도 '영원'을 느끼고 있었던 걸까? 어린 나에게 설명할 길이 없는 생활의 고단함을 그렇게 초월하고 있었던 걸까?

차 한 잔이, 내내 기억하지 않았던 케케묵은 추억을 소환해냈다. 이런 때 과거는 현재와 멀지 않다. 그 어린 시절로부터 지금까지의 시간이 찰나같이 여겨지며 공연히 가슴이 아파왔다. 아버지는 너무 늙었고, 나도 늙었다. 우리는 서로를 너무 몰랐다. 아, 세상에….

그런 것이 통증의 감각으로 다가온다.

애도

J언니가 죽었다는 소식이 왔다. 언니는 영국에 살고 있었고 장례식은 가족들이 이미 현지에서 치렀다고 했다. 부고를 듣고 언니랑 마지막으로 만났을 때를 떠올려보려 했으나 기억이 나지 않아서 당황스러웠다. 우리는 연출과 선후배 사이였다. 언니는 나보다 한 살 많았는데 학번은 하나 아래여서 나는 그를 언니라 부르고, 그는 나를 선배라고 불렀다. 서로 몇 년간 보지 못했으나 그렇다고 해서 관계가 소멸한 사이는 아니었다. 아이 키우고 살면서 같은 한국에 있어도 몇 년씩 보지 못하고 SNS로 가끔 생존만 확인하는 옛 친구들은 J언니 말고도 많다. 언젠가는, 어쩌면 금방, 어쩌면 몇 년 후에, 아무 때고 만나질 거라 생각했다. 너무나 당연하게 그렇게 생각했다. 그런데 그 사람이 이제 세상에 없단다.

내가 목격한 언니의 삶의 여러 순간이 떠올랐다. 졸업 공연을 준비하며 작품이 뜻대로 풀리지 않아 속상한 마음에 몰래 눈물을 훔치던 모습, 토론할 때면 또랑또랑한 목소리로 조곤조곤 주장을 펼치던 모습, 결혼식장에서 키 큰 영국인 남편의 팔짱을 끼고 환하게 웃던 모습…

언니는 연극을 사랑하고, 연출을 잘하고 싶어 했다. 작품에 대한 욕심과 열정이 컸으나 일을 처리하고 사람을 대하는 요령은 부족했던 탓에 종종 오해를 받기도 했다.

언니가 어린 딸과 함께 출산한 지 얼마 안 된 나를 보러 우리 집에 왔을 때 커다란 보따리 같은 가방을 들고 있었는데 그 안에는 아기에게 물려줄 옷과 새로 산 옷, 그리고 체온계가 들어있었다. 가만히 있으면 부루퉁해 보일 때가 많았지만 속은 더없이 다정한 사람이었다.

내가 뉴욕에서 유학할 때 언니는 런던에서 유학 중이었는데 우리는 자주 MSN 메신저로 만나 각자의 백인 동기들을 흉보곤 했다. 강의실에서 느끼는 차별과 무시, 그로 인한 분노와 자괴감을 그런 식으로 털어놓으면서 동질감을 느꼈고, 그것이 우리 사이를 더 끈끈하게 만들었다.

언니, 보고 싶은 언니. 사람들을 만나 언니에 대해 얘기하고 싶었다. 언니와 함께했던 시간, 그 세세한 것까지 기억해 줌으로써 그 사람이 존재했었고, 그건 의미가 있다고 다 같이 확인할 필요가 간절했다. 장례식에 가지 못함으로 인해 그 행사가 왜 꼭 필요한지 깨닫게 된 것이다.

나는 허수경 시인의 산문집《그대는 할 말을 어디에 두고 왔는가》를 읽는 것으로 떠난 J언니를 애도하고 있다. 시인은 이토록 쓸쓸한 글을 유작으로 남기고 지난해 병으로 세상을 떠났다. 독일에서 오랫동안 고고학을 공부 중이던 시인은 이 책에서 타지에서 느끼는 고독이 선물한 특유의 감응력으로 그곳에도 있고 이곳에도 있는 외롭고 소외된 사람들을 두루 어루만지는 이야기를 한다. 문장에, 문단에, 한 페이지에 시선이 오래 머문다. 눈을 감고 슬픔이 안구 뒤쪽을 묵직하게 누르는 것을 느끼면서 글 속으로 들어가 두 여자를 만난다.

타지에서 그토록 쓸쓸했던 당신들. 사느라고 애썼다고, 그건 가치 있는 일이었다고 마음속으로 거듭 인사한다. 이 세상에서 우리 만나 정말 반가웠다고. 고맙다고, 내 기억이 허락하는 한 잊지 않겠다고 약속한다.

진정한 어른

지난봄, 할머니는 아흔일곱 살의 나이로 세상을 떠났다. 이름이 정례인 내 할머니는 임씨 성을 지닌 농부의 딸로 태어나 이씨 성을 지닌 농부의 아내로 평생을 살았다. 순박한 촌사람이었으나 삶이 평탄하지는 않았는데 시대가 험했기에 어쩔 수 없었다.

할머니는 자식을 무려 11명이나 낳았으나 그중에 3명은 먼저 보내야 했다. 2명은 어릴 때 죽었는데 슬픈 일이었지만 영유아 사망률이 높았던 시절이라 9명의 자식을 건사한 것에 대해 오히려 감사해야 했다. 한국 전쟁 당시에는 자기 땅을 가졌다는 이유로 할아버지와 함께 북한군에게 끌려가 총살당할 뻔했는데 운 좋게도 목숨을 건졌다고 했다. 그리고 세월이 흘러 좀 살만해지자 고등학생이던 딸이 연탄가스 중독으로 목숨을 잃었다.

열 한 명이나 되는 자식들을 낳고 키우면서 별의별 일을 다 겪었을 테지만 죽음보다 큰일은 없기에 나머지 사건 사고는 시간이 지나면서 다 그만그만한 일이 되어버렸다. 가난과 고생 그리고 억압이 기본값이던 시절이었으니 기가 막힐 모든 일들을 그저 받아들일 수밖에 없었을 것이다.

소학교도 제대로 나오지 못한 할머니는 오랫동안 한글을 알지 못했는데 예수님을 만난 후 성경을 읽고 싶어서 뒤늦게 한글을 배웠다. 두 손을 모으고 기도하는 할머니의 모습이 꼭 어린아이 같아서 놀랐던 기억이 난다. 그 같은 기도를 하나님이 들어주시지 않을 수 없을 거라고 생각했다.

엄마는 당신의 시어머니인 내 할머니에 대해 단 한 번도 나쁘게 이야기한 적이 없다. 언제나 할머니는 좋은 분이시고, 그런 시어머니는 없을 거라고 말씀하셨다. 자신은 시어머니에게서 비난이나 꾸중을 들어본 적이 없다고 했다. 또 할머니는 엄마에게 무엇이든 요구하는 법이 없었다고 한다. 언제나 "잘했다.", "고맙다."라는 말만 하셨단다.

할머니가 돌아가시기 전에 마지막으로 뵈었을 때 나는 할머니에게 어떻게 그렇게 좋은 시어머니가 될 수 있었는지 물었다. 할머니는 예상 밖의 놀라운 대답을 들려주셨다.

할머니가 아직 스무 살도 안 된 나이에 할아버지에게 시집 왔을 때 할머니의 시어머니, 즉 나의 증조할머니는 할머니를 엄청나게 구박했다. 얼마나 무섭고 서러웠는지 하루도 울지 않은 날이 없었다. 특히 할머니가 첫 아이로 딸을 낳았을 때는 말로 다 표현할 수 없는 핍박이 가해졌다. 말 그대로 혹독한 시집살이였다.

할머니는 말씀하셨다. "나는 결심했어. 나중에 며느리가 생기면 절대로 이런 고통을 당하게 하지 않겠다고, 좋은 시어머니가 될 거라고 다짐했지."

앳된 얼굴을 한 이십 대 초반의 할머니가 서러운 눈물을 떨구며 아궁이에 불을 지피는 장면이 머릿속에 떠올랐다. 부지깽이로 장작을 누르며 속으로는 저런 생각을 하고 있었다고 상상하니 마음이 아릿해졌다.

할머니는 젊었을 때 자신과 한 약속을 지켰다. 내가 겪은 고통이 타인에게 반복되지 않도록 하겠다는 결심은 얼마나 숭고한가. 이것이 바로 인류애의 출발점 아닌가. 세상은 바로 할머니 같은 사람들에 의해서 더 살만한 곳으로 진화해왔고, 앞으로도 바뀔 것이다.

　나는 할머니가 자랑스럽고, 그런 할머니의 정신이 내게도 있다고 믿는다. 할머니는 평생 이름 없는 시골 아낙으로 살다 가셨지만 진정한 어른이었고, 세상에 선한 영향력을 미쳤다.

마이웨이

"가장 용감한 행동은 자신만을 생각하는 것이다. 큰 소리로."

- 코코 샤넬 -

돌이켜보면
평생을 남들이 나를 어떻게 생각할지를 염려하느라
전전긍긍하며 살았고, 지금도 여전하다.
내가 무얼 하거나 혹은 하지 않으면
누가 날 욕하지 않을까를 걱정하느라
진짜 내가 원하는 걸 자주 외면해왔다.
그러느라 날아가 버린 절호의 기회도 많았다.
사노라면 누구나 타인의 시선으로부터
어느 정도 자유롭지 못하지만

지금 생각해보니 나는 너무 겁을 냈던 거 같다.

미움받을 용기가 전혀 없었던 거다.

내가 어떻게 하든 나를 싫어하고

욕하는 사람들은 생기게 마련이다.

내가 누군가에게 그러듯이.

요즘 글이 잘 써지지 않는 이유도

결국은 타인을 너무 의식해서 그렇다.

욕먹기 싫으면 아무것도 안 하면 된다.

이제 나이도 적지 않은데 더는 이렇게는 안 될 일이다.

나도 내 세월을 아껴서 남은 인생을 잘 살아야 할 터.

눈치 보지 말고 마이웨이를 가야 한다고 거듭 되뇐다.

바깥을 두리번거리지 말고, 내 안을 잘 들여다보라고.

인생 짧다.

"우물쭈물하다가 내 이럴 줄 알았지."

이렇게 후회하는 삶은 싫다.

젊게 사시네요.

세월에 복수 당하는 기분이 들 때가 있다. 바로 젊은이들로부터 "젊게 사시네요."라는 말을 들을 때가 그렇다. 그들이 그런 말을 하는 건 그저 솔직하게 느낀 바를 표현하는 것이기도 하고, 보기 좋다는 칭찬이기도 하며, 나이 든 사람에 대해 막연히 가지고 있던 편견이 깨진 것에 대해 놀라움을 표현한 것이기도 하다. 듣기 좋으라고 하는 소리란 걸 알지만 사실은 씁쓸하다. 그 말의 서브텍스트가 '나이에 비해서 취향이 세련되었다,' 또는 '그 나이에도 이런 걸 좋아하다니 놀랍다.'라는 걸 잘 알기 때문이다.

그런데 난 일상에서 어느 것도 젊어 보이려는 의도를 가지고 선택하지 않는다. 그저 예전부터 늘 그런 옷, 그런 음악, 그런 영화, 그런 책, 그런 스타일을 좋아했고 그래서 아무것도 새삼스러울 것이 없는데 그런 걸 가지고 내가 나이에 비해 젊게 산다는 평가를 받는 것이 어처구니가 없을 뿐이다. 하지만 이런 솔직한 심정을 내보일 순 없다. 그들의 믿음을 단 몇 마디로 바꿔놓을 자신도 없고, 무엇보다 구차하다. "난 원래부터 이랬어."라고 말한들 무슨 소용이 있겠나? 그러니 그저 미소 짓는 수밖에.

아이러니한 건 내가 그런 말을 하는 젊은이들의 마음을 누구보다 이해한다는 사실이다. 그런 말을 들어도 불평할 자격도 없다. 왜냐하면 나야말로 젊었을 때 어른들에게 "젊게 사시네요."를 쉽게 말하던 청년이었기 때문이다. 그땐 중년과 노년의 인간에 대한 고정된 이미지가 강해서 거기서 조금이라도 벗어나는 사람을 만나면 재밌었고, 그런 남다름을 그냥 지나칠 수 없었다. 나도 저렇게 나이 들고 싶다는 선망이 그 말을 입 밖으로 꺼낸 것이다. 그러면서 듣는 어른들이 기뻐할 거라고 착각했다. 그리고 시간이 지나 내가 했던 말이 부메랑이 되어 돌아왔다.

나한테 "젊게 사시네요."라는 말을 가장 많이 들었던 사람은 헬렌 민트 여사다. 뉴욕 유학 시절 내 영어 선생님이었던 그녀는 당시에 칠순이 넘은 나이였는데도 미니스커트를 즐겨 입었다. 그전까지 나는 할머니가 미니스커트를 입을 수 있다는 생각은 해보지도 못했다.

유대계 뉴요커인 민트 여사는 나와 내 단짝이었던 터키 출신의 로자를 종종 자신의 집으로 초대했다. 타향살이 중인 유학생들을 향한 여사의 따뜻한 친절에서 비롯된 환대였다.

그 집 거실 선반에는 민트 부부의 결혼사진이 놓여 있었는데 모두 빼어난 미남미녀여서 나도 모르게 한참을 쳐다보곤했다. 할머니가 된 민트 여사는 젊었을 때와 비슷한 체중을 유지하는 것 같았다. 작달막한 키에 늘씬해서 미니스커트가 참잘 어울렸다. 우리가 놀러 오면 언제나 재즈 앨범을 틀어주었고, 주목할 만한 신예 작가들의 책도 소개해주셨다. 사랑스러운 데다 지적인 그 할머니를 나는 참 좋아했다.

하루는 로자가 왜 자꾸 민트 여사에게 젊게 산다는 말을 하냐고 물었다. 말투가 다소 공격적이어서 놀랐던 기억이 난다. 나는 어안이 벙벙해져서 솔직하게 대답했는데 로자는 그런나를 딱하다는 듯이 쳐다보며 그건 실례라고 했다.

민트 여사가 그 말을 들을 때마다 곤란해하는 걸 못 느꼈냐고 묻는데 당황스럽고 부끄러웠다. 로자는 민트 여사는 젊어보이는 게 아니라 그냥 젊은 거라고 말했다. 그 사람은 원래 그런 사람이라고.

　사람들은 늙은이를 처음부터 늙은이였던 것처럼 생각하는 경향이 있다. 요즘 SNS에서 인기를 끄고 있는 힙한 시니어들의 사진을 볼 때면 민트 여사 생각이 난다. 그들 중 일부는 스타일리스트가 꾸며주어 잠깐 멋쟁이로 변신한 거지만 대부분은 원래부터 멋쟁이였을 것이다. 멋쟁이였던 젊은이들이 세월을 따라 멋쟁이 노인이 되었을 뿐이다. 세월도 바꿀 수 없는 것이 있다.

나이 차이

배우 숀 펜이 바닷물 속에서 수영복 차림으로 비키니를 입은 젊은 여자와 부둥켜안고 있는 사진을 보았다. 별생각 없이 스마트폰으로 인터넷 뉴스를 뒤적거리다가 보게 된 건데 그걸 본 나의 무덤덤한 반응에 격세지감을 느끼지 않을 수 없었다. 예전 같았으면 입에서 바로 "미친놈!" 소리가 나왔을 테다. 1960년에 태어나 예순을 갓 넘긴 숀 펜의 여자 친구는 그보다 서른한 살이나 어렸다.

누가 누구를 사귀든 남의 일에 무슨 상관이냐고 하면 할 말 없지만 젊었을 때는 나이 든 남자가 젊은 여자와 사귀는 걸 단순히 남의 일로 볼 수 없었다. 나이 어린 여자를 밝히는 남성 문화 안에서 여자를 '영계'라고 부르며, 그들과 교제하는 남자를 영웅 취급하는 것을 참을 수 없었고, 그래서 젊은 여자를 바라보는 나이 든 남성의 시선에서 오직 성적 욕망만을 읽어내고는 분개했다.

나이 든 유부남과 젊은 여자가 불륜에 빠진 경우에도 여자를 욕하는 사회적 경향을 납득하기 어려웠다. 나이 든 남자가 어른으로서 처신을 잘하지 못한 것을 비난받아야 한다고 생각했다. 나이도 많고 유부남인 주제에 순진한 젊은 여자를 꾄 걸로 보지 않고, 앙큼한 젊은 여자가 늙은 유부남을 유혹했다고 보는 시선에 화가 났다.

설사 젊은 여자가 먼저 유혹했다고 하더라도 남자가 제대로 정신이 박힌 어른이라면 잘 타일러야 한다고 믿었다. '남자는 원래 유혹에 약하다.'는 말 같지도 않은 말로 모든 걸 여자 탓으로 돌리는 사람들의 비상식도 싫었다. 편협한 생각이었지만 젊은 여자를 유린하는 일이 왕왕 일어나는 사회 안에서 나와 친구들을 지키기 위해서 그럴 수밖에 없었던 청춘이었다.

나이 많은 남자와 젊은 여자의 관계에 대한 생각이 달라진 것은 그림책 모임을 통해서 열 살 가까이 어린 삼십 대 친구들과 자주 어울리게 되면서이다. 우리는 서로를 '샘'이라고 부르면서 존댓말로 대화하는데 마치 영어로 대화하는 것처럼 나이에 구애받지 않고 자유로워서 즐겁다. 그림책을 사랑한다는 것과 또래 아이들을 키운다는 공통의 관심사에 집중하며 소통하는데 나이는 아무런 장벽이 되지 않는다.

재능과 재치가 넘치고 매력적인 샘들과 정신없이 대화를 나누던 어느 날 우연히 학창 시절 좋아했던 아이돌 그룹에 대해 이야기하게 되었다. 초등학생 때 서태지를 좋아했다는 말에 갑자기 우리 사이의 나이 차이를 실감했다. 누구도 뭐라 하지 않는데 그때까지 나 자신을 그들과 같은 또래인 것처럼 착각하고 있었던 게 민망했다. 그때 문득 '내가 만약 남자라면 어땠을까?' 하는 질문이 떠올랐고, 나이 차이에도 불구하고 이들과 연애를 할 수도 있었겠단 생각이 들었다. 그렇다면 나이 차이가 더 많이 난들 그게 무슨 상관일까? 사람이 사람을 사랑하는 일에 어떤 잣대를 들이대지 말아야겠다는 깨달음이 일었다.

사람은 사랑하는 사람에게서 자신의 얼굴을 본다. 그래서 서로의 나이를 잊을 수 있고, 순수하게 빠져들 수 있는 게 아닐까? … 음, 그렇다곤 해도 역시 내 딸이 숀 펜 같은 할아버지를 사귄다고 생각하면 참을 수가 없다. 편견을 버리기가 이렇게 어렵다.

40에는 긴 머리

이삼십 대 대부분의 시간을 짧은 머리로 살아온 나는 마흔을 넘기면서 갑자기 긴 머리에 집착하게 되었다. 보브컷과 숏단발 사이를 왕복하던 젊은 시절에 내가 원했던 건 지적인 카리스마였다. 사귀고 싶은 여자가 아니라 함께 일하고 싶은 사람 혹은 따르고 싶은 리더로 보이는 게 중요했다. 거기에 관리상의 편리함도 한몫했다. 미용실에 오래 앉아있는 게 견디기 힘들었고, 긴 머리를 말리느라 드라이기를 붙들고 있는 시간이 아까웠다. 해야 할 일도, 하고 싶은 일도 많았던 바쁜 청춘이었다.

아이를 낳고 기르느라 정신없었던 삼십 대 후반까지 나는 짧은 머리를 고수하고 있었다. 머리 길이에 대해 특별히 생각하지도 않았다. 늘 제자리에 붙어있는 눈, 코, 입에 대해 특별히 생각하지 않는 것과 마찬가지였다.

그러던 어느 날 나는 홈 쇼핑 방송에 나온 V를 보고 헤어스타일에 대해 진지하게 생각하게 되었다. 사십 대 중반의 V는 언제나 패션 트렌드의 최전방에 머물며 세련된 스타일로 사람들의 주목을 받아왔다. 이날도 완벽한 스타일링을 선보였는데 짧은 숏커트의 머리 모양이 옥에 티처럼 내 시선을 사로잡았다. 헤어스타일 자체는 나무랄 데 없이 예뻤다. 내가 좋아하는 짧은 머리였다. 게다가 V가 이런 헤어스타일을 선보인 게 이번이 처음도 아니었다.

그런데 새삼 그 머리 모양이 그녀가 유지해온 아우라에 균열을 일으키는 것처럼 보인 것이다. V는 열심히 화장품인지 건강식품인지를 소개하고 있었지만 내 관심은 오직 그녀의 머리에 가 있었다. 짧은 머리를 한 V는 잘 꾸민 생활인으로 보였다. 마침 물건을 팔고 있어서 그런 게 아닐까 싶었는데 나중에 다른 장소에서 찍은 사진을 보았을 때도 느낌이 달라지지 않았다. 이런 느낌은 V에만 머무르지 않고 주변 여자들과 다른 연예인들에게로 확장되어서 사십 대에 숏커트를 한 여자들을 보면 짧은 머리는 아니라는 확신이 들었다.

당장 머리를 길러야겠다고 결심했다. 그러면서 생활인처럼 보이는 게 어째서 마음에 걸리는지 스스로도 의아했다.

적당히 주름진 사십 대의 얼굴과 커트 머리의 조화는 어딘가 열심히 살고 있다는 인상을 풍겼다. 열심히 살기 위해서는 힘을 써야 하는데 나는 바로 그 '힘씀'에 거부감을 느끼는 거 같았다.

내가 이상적으로 생각하는 사십 대의 모습이 무엇인지 생각해보았다. 우아함을 기대하고 있었다는 걸 깨달았다. 우아함은 여유와 잉여에서 비롯되는 것이다. 우아함은 시간적, 경제적 여유를 필요로 하며 품위와 연결된다. 숏커트의 머리 모양이 연상시키는 전투력과 효율성이 사십 대에는 여유 있고 우아하게 살고 싶다는 내 무의식적 바람을 위협하고 있었다. 더는 강하고 일 잘 하는 사람으로 보이고 싶지 않았다. 일도 공부도 충분히 했다. 이제는 긴 머리를 관리하고 유지할 수 있는 잉여의 시간을 지닌 사람으로 살고 싶다.

긴 머리가 우아함을 담보하는 것은 아니지만 하나의 표지로서 상징적인 기능을 할 수는 있다고 믿기에 나는 머리를 기르기 시작했다.

너무나 안타깝게도 머리를 기르려는 시도는 결국 실패로 돌아갔다. 나는 여전히 짧은 단발머리를 벗어나지 못하고 있다.

머리를 기르는 그 지난한 과정을 그냥 견딜 수가 없어서 파마와 염색을 계속 번갈아 했더니 연약한 내 머리카락이 다 타버리고 말았다. 타버린 부분을 전부 없애려면 숏커트를 해야 했는데 그것만은 도저히 받아들일 수 없었다. 속이 쓰렸다.

결국 턱선을 마지노선으로 하는 단발머리로 타협을 보고, 그 길이를 유지하며 지속해서 손상된 부분을 잘라내기로 했다. 그토록 원했건만 사십 대가 지나기 전에 긴 머리를 휘날릴 수는 없을 것 같다.

뜻대로 되지 않는 게 인생이라지만 머리카락 하나 내 맘대로 할 수 없다니 야속하다. 하지만 어쩌랴, 50대의 '샤랄라~'를 꿈꾸는 수밖에.

살림 콤플렉스

밀린 집안일을 할 때면 가슴 속에 울분이 차오른다. 머릿속에선 어릴 때 봤던 반공영화의 주인공 이승복이 나타난다. "나는 공산당이 싫어요!"라고 절규하던 승복이처럼 나도 외치고 싶다. "나는 집안일이 싫어요!" 승복이가 순도 100%의 진심으로 외쳤듯이 나 역시 한 점의 의심이나 죄책감 없이 있는 그대로의 본심을 드러내고 싶다. 싫다, 싫어, 집안일이, 살림이, 싫다! 수세미로 냄비를 박박 닦으면서 생각한다.

'조선시대 사대부로 태어났어야 하는데… 책 읽고 시나 지으면서 살았으면 좀 좋아. 이리 오너라, 저리 가거라 하면서 말이지. 손에 물 한 방울 안 묻히고 사는 게 적성과 체질에 딱 맞거늘…. (탄식한다.)'

뭔 쓸데없는 소리냐고 하겠지만 이런 상상이라도 하면서 나는 불만스러운 시간을 견디는 것이다. 주부가 살림이 적성에 맞지 않는다고 말하기가 어디 쉬운가? 그보다 주부에게 살림이 싫고, 좋고를 따지면서 선택할 수 있는 일인가? 무조건해야 하는 일인데 그게 싫다고 하면 돌아올 반응은 욕밖에 없다. 그래서 티 내지 않고 감당하려는 거고, 그러다 보면 한 번씩 승복이처럼 절절하게 외치고 싶어지는 것이다.

그런데 세상에는 살림을 잘하는 여자들과 잘하고 싶어 하는 여자들이 왜 이리 많은 건지, 정말 소외감을 느끼게 한다. 몇몇 살림의 고수들은 살림의 여왕이라 불리는 마사 스튜어트의 뺨을 치고도 남을 정도로 요리부터 청소까지 완벽하게 해내고, 사진까지 잘 찍어서 블로그 세계에서 추앙을 받았는데 왜 이렇게 꼴 보기 싫던지!

그중에는 살림 잘하는 걸 사업으로 연결해서 경제적 활동까지 하는 진짜 마사 스튜어트 같은 여자들도 있었는데 그들을 볼 때면 마음이 한없이 어두워졌다. 내 콤플렉스를 양방향에서 자극했기 때문이다. 살림을 잘 못 한다는 콤플렉스와 돈을 잘 벌고 싶다는 콤플렉스 말이다.

지금이야 내가 살림을 많이 내려놓은 데다 글도 쓰고 강의도 하면서 하고 싶은 일을 하고 있으니 집안일이 예전처럼 스트레스가 되지는 않지만 아이가 어릴 때는 이야기가 달랐다.

아침, 저녁으로 출퇴근하는 남편이 자기 딴에는 최대한 집안일을 분담한다고 해도 한계가 있었고, 일거리도 지금보다 많았다. 어떻게든 내게 주어진 일을 잘 해내고자 정보를 찾아서 살림왕들의 블로그를 방문했던 건데, 그런 주제에 일면식도 없는 그들을 온 마음으로 미워했다. 살림 잘하는 거로 돈까지 벌다니 참을 수가 없었다. 열등감과 시기, 질투에서 비롯된 부당한 미움이었지만 그래도 어쩔 수 없이 미웠다.

요즘에 와서야 육아와 가사 노동의 책임이 전적으로 여자에게 있다는 가부장제의 통념에 활발한 문제제기가 일고 있지만 그럼에도 가사노동의 현장에서 대부분의 주부가 마주하는 현실은 크게 달라지지 않아 보인다.

부부 싸움을 피하고자 차라리 집안일을 더 하는 쪽을 선택하는 여자들이 얼마나 많은가. 어디에서 무얼 하든 저녁 식사 때가 가까워지면 여자들은 좌불안석이다. 얼른 집에 가서 밥을 짓고 차려내야 한다는 생각 때문에 마음이 분주해지는 것이다. 남편과 나는 서로 밥을 차려주고, 아이 밥도 같이 챙기지만 다른 여자들이 밥걱정하는 모습을 볼 때면 이렇게 사는 내가 큰 잘못이라도 하는 것처럼 느껴져서 마음이 어렵다.

밥과 관련해 잊을 수 없는 일화가 있다. 일 때문에 알게 된 조에 관한 이야기이다. 조는 남편과 맞벌이를 하고 있었는데 나와 함께 있었던 그 날, 남편이 일찍 퇴근하고 조는 야근을 하게 되었다. 조는 집에 밥이 없는데 어쩌냐며 서둘러 집 근처 식당에 전화를 걸어 남편의 저녁 식사를 주문했다. 나는 조의 남편이 혼자서 밥을 해 먹지 못하는 것도 모자라 배달조차 시키지 못한다는 사실에 놀랐고, 그야말로 등신이 따로 없다고 생각했다. 팔다리가 멀쩡한 성인이 누가 차려주지 않으면 밥도 혼자 못 찾아 먹는다는 게 말이 되나?

살림에 관한 남자들의 인식이 완전히 변화되길 기다리는 것보다 과학 기술의 발전으로 가사 노동이 완벽하게 자동화되는 것을 기대하는 것이 더 현실적으로 보인다. 이제 열 살인 내 딸이 어른이 되어 결혼할 때 즈음에는 세상이 좀 달라져 있을까? 어느 종편 채널에서 아직 환갑도 안 된 50대 젊은 시어머니들이 며느리가 자기 아들에게 아침밥을 차려주지 않았다며 분통 터져 하는 모습을 보았던 기억이 난다. 이렇게 말해주고 싶었다.

"내 딸이 당신 아들 밥 해주려고 이 세상에 태어난 게 아니야."

여자도 살림이 적성에 맞지 않을 수 있다. 살림이 싫을 수 있다. 싫다고 해서 하지 않을 수 있는 것도 아니며, 안 하겠다는 뜻도 아니다. 그냥 싫은 걸 싫다고 눈치 보지 않고 말할 수 있었으면 좋겠다. 그리고 집안일은 온 가족이 함께하는 것이지 엄마 혼자 하는 게 아니라는 인식이 자리 잡길 바란다.

나는 벌써 딸에게 신신당부한다. 밥도 못 하는 놈은 만나지도 말라고. 15년 뒤에도 세상이 지금과 별로 달라지지 않는다면 나는 딸에게 비혼을 권할 것 같다.

나만의 퀘렌시아

답답해서 집을 나왔는데 막상 갈 곳이 없다면 그것만큼 서글픈 일이 또 있을까. 요즘이야 동네마다 예쁜 카페가 즐비하니까 아무 데라도 들어가서 차 한 잔 마시면 되겠지만 외로움은 어쩌지 못할 것 같다. 그러나 바로 그럴 때 나는 갈 곳이 있다. 그 사실을 생각할 때마다 가슴 깊은 곳에서부터 감사와 안도감이 샘솟는다. 나에겐 갈 곳이 있다.

힘들 때 마음을 쉬어갈 수 있는 곳, 피난처가 되어주고, 재충전의 공간이 되어주는 나만의 퀘렌시아는 성동구 금호동에 위치한 〈카모메 그림책방〉이다.

집을 나와 버스를 타고, 지하철로 갈아탄 후, 5호선 신금호역의 믿기지 않을 만큼 길고 가파른 에스컬레이터에 오른다. 개찰구에 카드를 찍고 나와서 다시 에스컬레이터를 탔다가 내려 계단을 걸어 올라 5번 출구로 나오면 야트막한 오르막길을

3분 남짓하게 타박타박 걸어서 마침내 책방에 다다른다.

　내게는 이 길이 단순하지 않아서 목적지까지 가는 흥분을 고조시키는 재미있고 설레는 모험 길이다. 이 모험의 하이라이트는 마지막 3분 코스인 작은 언덕길에 있다. 양옆으로 가게들이 늘어선 그 작은 언덕을 두리번거리며 오르다가 삼 분의 이 되는 지점에 서면 책방의 시그니처 마크인 파란색 차양이 보이는데 거기서 잠깐 멈추고 숨을 고른다. 바로 저기에 카모메 그림책방이 있다는 사실이 새삼 기쁘다. 얼굴에서 파안이 피어오른다. 기쁨을 지연시키고 싶어서 이때부터는 일부러 더 천천히 걷는다.

　책방 입구를 가린 파란 차양 속에는 갈매기가 날고 있고, 하얀 벽과 어우러져 지중해의 섬마을 연상시킨다. 문 앞에 놓인 짧은 마루 포치 위에 올라서서 차양 밑으로 쏙 들어가는 순간 나는 토끼를 따라 굴속으로 들어가는 앨리스처럼 현실과 단절된다. 절대로 성급하게 유리문을 열지 않는다. 책방주인인 해심 샘이 날 발견하길 잠깐 기다린다. 나를 발견하고 눈이 커지는 해심 샘을 보는 게 좋다. 마침내 문을 열면 "아이고, 어서 오세요."라며 반기는 소리가 들린다. 이로써 퀘렌시아의 입장 절차가 모두 끝난다.

이내 새 그림책에서 나는 냄새에 사로잡힌다. 혼자 흥분해서 해심 샘에게 큰 소리로 말을 걸면서 눈으로는 양쪽 벽면에 진열된 신간들을 훑어본다. 행동거지가 부산스러워진다. 해심 샘과 이야기도 나누고 싶고, 그러면서 그림책도 얼른 보고 싶고, 또 어느 책부터 볼지 고르느라 정신없어서 그렇다. 그럴 때의 나는 동시다발적으로 접수된 명령 때문에 퓨즈가 나가버린 로봇같이 버벅댄다. 이런 내 모습이 부끄러운데 잘 고쳐지지 않는다. 어쩔 수가 없다. 좋아서 그러는걸.

그림책이라곤 엄마들 사이에서 입소문난 전집만을 생각하며 그저 아이를 위해서 들여놓고 읽어주었을 뿐이던 내가 단행본 그림책의 세계에 빠지게 된 건 존 스텝토가 쓰고 그린 《높이-뛰어라-생쥐》를 읽으면서부터다. 이 그림책은 이제 막 인연이 시작된 블로그 이웃이 보내준 선물이었다. 뜻밖의 선물을 펼치는 순간 나는 바로 그 이야기에 사로잡혔고, 36페이지의 짧은 그림책을 다 읽은 후에는 정말로 다른 사람이 되어 있었다. 놀라운 일이었다.

주인공인 어린 생쥐가 할아버지께서 들려주신 이야기 속의 머나먼 땅에 직접 가보겠다는 꿈을 갖게 되면서 모험은 시작된다. 머나먼 땅은 말 그대로 너무나 멀다. 자기 앞에 얼마나 험난한 여정이 기다리고 있는지도 모른 채 오직 순수한 열정에 사로잡혀 부지런히 앞을 향해 나아가는 생쥐의 모습이 젊은 시절의 나를 떠오르게 했다. 어린 생쥐는 가시덤불을 지나 너른 들판을 건너 마침내 험한 산을 넘어간다. 그 과정에서 그는 죽음의 위기에 처한 들소와 늑대에게 자신의 소중한 눈과 코를 내어주며 새 삶을 주고, 또한 그들의 안내를 받으면서 혼자 힘으로는 도저히 갈 수 없는 길을 건넌다. 어느 한순간, 모든 것을 다 잃은 것처럼 느껴질 때도 있었지만 마침내 그는 꿈에 그리던 땅에 도착하여 그 땅을 지배하는 독수리로 변신한다.

연필 담채화의 그림 속에서 흑백의 선으로 그려진 자연과 동물들의 모습이 이야기에 신비감과 무게감을 더하고 있었다. 총 천연색으로 이루어진 그림보다 더 생생하게 다가왔다.

그 무렵 나는 육아에 지쳐있었고, 연극 무대로의 복귀가 요원해져서 크게 낙담하고 있었다. 무엇이든 혼자 해결하려고 하는 태도가 나를 더 힘들게 하고 있었다. 그래서 생쥐가 꿈을 향해 가는 과정이 다른 존재와 도움을 주고받는 일의 연속으로 이루어진 점이 강렬하게 다가왔다. 목적지를 주시하며 그저 달리기만 한다고 꿈을 이루는 것이 아니었다. 멈춰 선 것 같은 시간 또한 여정의 일부임을 받아들여야 했다.

도움을 주고받으며 함께 걸을 수 있는 길벗의 소중함을 깨달았다. 잃어버린 길은 다시 찾으면 된다. 그렇게 그림책에 빠져서 단행본을 사 모으며 그림책 모임에 정기적으로 나가기 시작했다. 난생처음 덕질을 하게 된 것이다! 2017년 1월에 일어난 일이다.

그리고 이듬해 봄에 〈카모메 그림책방〉을 만났다. 처음 이곳을 방문했을 때 나는 이 작은 책방의 모든 것에 반하고 말았는데 그중에서도 가장 나의 관심을 끈 것은 단연 책방주인인 해심 샘이었다.

《이 나이에 그림책이라니》라는 딱 내가 하고 싶은 말을 제목으로 단 에세이 작가이기도 한 해심 샘은 드라마 주인공 같은 사람이다. 일본 드라마 《심야식당》이나 영화 《카모메식당》에 나오는 사장님처럼 조용한 카리스마와 오래 지속되는 따뜻함을 지닌 채 언제나 '약간의 거리를 두고'* 손님을 대하는 모습이 사람을 편안하게 만든다. 게다가 이분은 실력 있는 타로 마

---

* 소노 아야코의 에세이 《약간의 거리를 둔다》(책읽는고양이, 2016)에서 따온 표현.

스터이기도 하다. 손님이 뽑은 카드를 기가 막히게 해석해내는 거로 정평이 나 있다. 이렇게 말한다고 해서 미래를 족집게같이 맞추는 점쟁이를 연상하면 곤란하다.

해심 샘은 내가 뽑은 카드의 그림을 보며 내 마음을 읽어낸다. 그 해석이 내가 인정하지 못하고 있던 마음의 상태를 받아들일 수밖에 없도록 이끈다. 자신에게 솔직하게 만드는 놀라운 기술이다. 미처 몰랐던 마음을 알게 되기도 한다.

그렇기에 해심 샘이 타로를 통해 건네는 조언은 모두 당장적용할 수 있게 효과적이고 현실적이다. 그게 무엇이든 바로실행에 옮기게 된다. 망설이고 있던 원고를 쓰게 되거나 집안대청소를 하게 되는 식이다. 강의나 강연을 할 때면 해심 샘은 사람들에게 '자기만의 작지만 단단한 신화를 만들라고' 조언하는데, 샘의 작은 책방과 현재의 삶은 그 같은 작은 신화의가장 좋은 본보기이다.

타로를 보고, 그림책을 실컷 읽은 뒤, 오늘 집으로 데려갈책들을 구매하고 아이가 집에 돌아올 시간에 맞춰 책방을 나선다. 목욕을 마친 사람처럼 정수리부터 발가락 끝까지 개운하다. 나만의 작은 신화를 만들어갈 힘이 샘솟는 것을 느끼면서 축복받은 사람처럼 총총거리며 집으로 돌아간다.

마흔이지만 괜찮아

12월, 마흔을 코앞에 둔 서른아홉 살의 B는 떨고 있었다. 추위 때문이 아니라, 곧 마흔이 된다는 사실이 마음에 두려움을 일으켰기 때문이다. 수사적인 표현이 아니라 그녀는 정말로 일정한 간격을 두고 몸을 부르르 떨었는데, 마흔 살이 된 자신의 모습을 상상할 때마다 반사적으로 튀어나오는 자연스러운 반응이었다.

경련은 사십 대에 대한 그녀의 거부감을 노골적으로 드러내고 있었다. B는 앞에 있는 내가 사십 대라는 걸 잊은 채 자기 감정에 빠져서 그 거부감을 조금도 감추지 못했다. 사십 대가 될 생각을 하니 잠도 안 오고, 우울증에 걸릴 지경이며, 밥조차 안 넘어간다고 했다. 그건 그냥 하는 소리가 아니었다. 오랜만에 만난 그녀의 얼굴은 실제로 수척해져 있었다. 그 모습이 교수형에 처할 날을 카운트다운하며 기다리는 수감자 같아 보였다.

웃긴 건 나 자신도 사십 대라는 사실이 어색해서 암홀이 끼는 재킷을 입은 것 마냥 나이 앞에서 어기적거리는 주제에 다른 사람이 사십 대가 너무 싫다고 하니 야속한 마음이 들더라는 것이다. 사십 대인 나를 밀어내는 것처럼 느껴졌다. 무슨 말을 해야 할지, 어떤 표정을 지어야 할지 난감했다. 안심과 위로가 될 만한 이야기를 해줄 수 있다면 좋았겠지만 어떤 말도 패닉 상태인 B의 마음에 닿지 않을 것 같았다. 이런 B가 유별나다고는 생각하지 않는다. 눈치가 좀 없어서 그렇지 자기 감정에 솔직했을 뿐이다.

정도의 차이가 있을 뿐 마흔이 된다는데 B처럼 동요하지 않을 사람이 과연 있을까? 세계의 중심부에 있다가 변방으로 원치 않는 이주를 해야 하는 사람처럼 박탈감을 느꼈던 기억이 떠오른다. 사십이 되면 뭔가 다 끝날 거 같고, 변할 거 같지만 그런 일이 갑자기 일어나지는 않는다. 변화도 적응도 시간이 지남에 따라 차근차근 진행된다. 그렇게 해서 사십에 적응할 만하면 오십이 되겠지만. (얄궂기도 하지!)

B를 만나고 난 후부터 사십 대란 나이를 어떻게 쉽게 설명할 수 있을지 계속 생각하게 되었다. 말문이 막혀 그녀에게 아

무런 이야기도 하지 못한 게 마음에 걸렸기 때문이다. 내 생각에, 사십 대가 되는 건 열탕에 들어가는 거랑 비슷하다. 열탕에 들어가기 전에는 뜨거움이 예상되어 겁나고, 처음 발이 물에 닿을 때는 진짜 뜨겁지만 막상 발을 담그고 천천히 물에 몸 전체를 맡기고 나면 전신이 풀어지는 기분 좋은 느낌을 받을 수 있는 것처럼 사십 대란 나이도 처음에 받아들이기가 힘들어서 그렇지 막상 살아보면 나름의 좋은 점이 있다.

여기까지 쓰고 이제 사십 대의 장점에 대해 쓰려는데 갑자기 아무 생각도 안 나는 게 아닌가. 뇌에 렉이 걸린 것 같았다. '아, 뭐지? 없는 건 아닌데. 분명히 있는데…' 하루 종일 생각하다가 결국 안 되어서 주변의 사십 대들에게 물어보았다.

제일 먼저 대학 친구들이 모인 단톡방에 "사십 대로 살아보니 좋은 점이 뭐야?"라고 물었는데 갑자기 모두 침묵을 지켜서 혼자 얼마나 웃었는지 모른다.

저녁때 즈음 되어서 내가 다시 답을 요구하니 하나둘씩 대답을 보내왔다. 친구들도 그렇고, 질문을 받은 다른 사십 대 지인들도 그렇고 약간의 개인차는 있었지만 모두 공통되게 이야기한 점은 "사십 대가 되어서야 비로소 다른 사람의 이목에 휘둘리지 않고 내 주관대로 살아갈 수 있게 되었다."는 것이다. '나답게 살기'가 화두인 시대에 의미심장한 대답이 아닐 수 없다.

다음으로는 "욕심을 내려놓고 할 수 있는 것과 할 수 없는 것을 잘 구분하게 되었다."는 이야기가 많았다. 이것이야말로 세월이 가져다준 지혜이자 선물이다.

한편 사십 대가 너무 좋다며 자기 인생의 화양연화라고 하신 분들도 몇 분 있는데 모두 사십 대가 되어서야 비로소 자기가 하고 싶은 일에 도전했다는 공통점이 있다. 젊은 시절의 긴 방황과 시행착오를 바탕으로 사십 대가 되어서야 길을 찾았으니 기쁠 만도 하다. 이래서 옛 어른들이 인생은 대기만성일수록 좋다고 했나 보다. 인생의 모든 좋은 것이 젊은 시절에 쏠려있다고 생각하면 나머지 삶에 무슨 의미가 있겠나. 그러나 삶은 시기마다 각기 다른 선물을 준비해두고 있다.

사십 대 중반이 되고 보니 마흔 이후의 삶에서 물리적인 나이가 몇 살인지는 별 의미가 없는 게 아닌가 싶다. 40대보다 젊어 보이는 50대도 있고, 70이 넘은 나이에도 보디빌딩 대회에 나갈 정도로 몸이 단련된 사람도 있으니 말이다.

정신적인 면에 있어서도 마찬가지다. 60대에도 새로운 도전을 멈추지 않는 사람이 있고, 사십 대인데도 죽을 날을 기다리는 노인처럼 무기력한 사람도 있다. 그러나 나는 나이에 비해서 젊어 보이거나 활동적인 게 무조건 최선이라고 생각하지는 않는다.

분명하게 진행되는 노화의 과정에 맞서며 몸과 마음을 원하는 대로 지켜내는 일은 엄청난 노력을 요구한다. 그래서 가끔은 '그렇게까지 애쓰며 살 일인가' 싶은 삐딱한 생각이 들기도 한다. 사십 대가 되어서 좋은 점이 나답게 살아갈 힘이 생긴 거니까 각자 자기에게 맞는 노화의 속도와 방향을 찾아가면 좋겠다. 꽃중년이나 꽃노년도 좋지만 조금 헐렁하고 넉넉하니 주름 많은 얼굴로 살아가도 좋다. 아프지만 않다면.

"사십 대가 되어 좋은 점이 뭐냐?"는 질문에 대한 내 대답은 예전에는 이해하지 못했던 사람들의 마음을 이해하게 되었다는 거다. 그래서 다른 사람의 실수나 잘못에 조금 더 관대해진 것 같고, 나랑 맞지 않는 사람도 어느 정도 수긍할 수 있게 되었다. 이러한 변화는 정말로 내 삶의 질을 높였다.

지금 여기

시간을 되돌릴 수 있다면 언제로 돌아가고 싶냐는 질문을 받을 때가 있다. 주로 술자리에서 그런 질문이 오고 간다. 옛 추억을 나누면서 재미있는 시간을 보내자는 뜻인데 이상하게 그런 질문은 날 진지하게 만들어 버린다. 괜히 조금 시니컬해져서 "돌아가고 싶지 않은데?"라고 대답하면서 속으로 다시 한번 확인한다. 정.말.로. 돌아가고 싶은 때 같은 건 없다고. 이럴 때 보면 나는 지극히 현실적인 사람 같다.

돌아가고 싶은 때가 있다는 건 크게 두 가지 의미로 이해할 수 있다.

하나는 과거의 어느 시점으로 돌아가서 인생을 바꾸고 싶은 바람이 있다는 것이다. 지난날을 돌아보며 그때 이랬으면 혹은 저랬으면 지금 내 인생이 달라졌을까 생각해 본 적이 있다. 하지만 이런저런 생각 끝에 도달한 결론은 나란 사람이 바뀌

지 않고는 내 삶은 지금과 같은 모습일 거라는 것이다.

내가 다른 사람이 아닌 나인 이상 돌아간다 해도 같은 선택을 할 것이 분명하다. 그때는 그게 최선이었다. 모든 것이 결국 이렇게 될 수밖에 없었다고 생각한다. 뭔가를 바꾸고 싶다면 굳이 과거로 돌아가지 않아도 지금 여기서 내가 달라지면 된다.

다른 하나는 다시 경험해보고 싶을 만큼 좋은 추억이 있다는 것이다. 내게도 나름 왕년에 잘 나갔었다고 이야기할 만한 아름답고 빛나는 추억이 많다. 그럼에도 돌아가고 싶은 마음은 들지 않는다. 다른 사람의 인생은 어떤지 모르겠지만 내 인생에는 거저 일어난 행운 같은 건 없었다. 대가 없이 누린 기쁨은 하나도 없다. 가장 영광스러운 순간에도 삶의 다른 면에선 고통스러운 일이 있었고, 반대로 가장 힘든 순간에도 다른 한편에선 조금이나마 즐거운 일도 있었다. 과거의 어느 때로 돌아간다고 해도 좋았던 일만 똑 떼어내서 경험할 수는 없을 것이다. 똑같은 삶을 다시 살아보고 싶진 않다.

나는 지금 여기가 좋다. 지금은 여태까지 한 번도 경험해보지 않은 깨끗한 미지의 시간이다. 가능성을 품은 시간. 변화의 시간. 그리고 내가 통제할 수 있는 시간이기도 하고. 여기는 실제로 내가 발붙이고 있는 곳으로 내 선택의 결과다. 내 한계이기도 하고. 여기를 받아들이지 않으면 다른 어디로도 갈 수 없다. 여기가 출발선이기 때문이다. 지금 여기에 충실하면서 후회도 미련도 없이 살고 싶다.

3장

이야기의 힘

바다가 된 멸치

'주인공이 멸치라고?! 제목 좀 봐, 《멸치의 꿈》*이라니?!'
한 번도 해보지 못한 생각이었다. 멸치와 꿈의 조합이라니. 여
러 마리의 멸치가 다닥다닥 붙어서 한 마리의 커다란 생선처
럼 보이는 책 표지를 보는 순간 신선했고, 어이없었고, 황당했
지만 끌렸다. 그것도 아주 강하게. 보기만 해도 입에서 짠맛이
느껴지는 멸치를 보면서 그들에게 꿈이 있다고 생각했다는 발
상 자체가 신박해서 기가 막힐 정도였다. 도대체 무슨 내용인
지 궁금해서 표지를 여는 손에 힘이 들어갔다. 표지가 젖히듯
이 활짝 열렸다.

놀랍게도 뜯긴 작은 멸치 대가리 하나가 첫 페이지였다. 세
상에…. 그리고 이어지는 첫 문장에 난 뒤통수를 세게 얻어맞
은 것 같은 충격을 받았다.

---

* 　유미정 글, 그림, 달그림, 2020년 2월 7일 출간

"나는 멸치야. 지금은 대가리만 남았지만."

이 말이 내 속에서 나온 말처럼 입과 귀와 마음에 착 달라붙었다. "나는 멸치야. 지금은 대가리만 남았지만…" 너무 당황스러웠지만 애써 침착하게 페이지를 넘겼다. 그러자 멸치 대가리가 자기도 한때는 몸통이 있었다며, 이래 봬도 헤엄 잘 친다고 소문난 멸치였다고 말했다. 멸치의 과거와 현재를 아우르는 이 짧은 자기소개는 내가 애써 외면하고, 부정하고 있는 나의 자기인식을 그대로 반영한 말이었다.

한때는 잘 나갔었지만 지금은 실행할 수 있는 몸을 잃어버리고 그저 생각만 많은 내가 되었다는 자조와 자괴감을 노골적으로 드러내고 있었다. 그런데 그건 내 생각이고, 이 말을 하는 멸치는 그 사실을 감추거나 외면할 생각이 없는 것처럼 그 목소리가 참 당당하게 느껴졌다. 그게 뭐 어떠냐며 자신의 사연을 펼쳐 보여주려는 것 같았다. 나는 멸치 이야기가 더 궁금해졌다.

4999번째로 태어난 멸치는 대륙붕 바다에서 형제자매들과 신나게 놀았단다. 수많은 멸치가 한데 어우러져 헤엄치는 장면에서는 역동성과 생명력이 느껴졌다. 빙글빙글 원을 돌며

군무라도 추듯이 신나게 놀던 멸치들은 달빛을 쫓아 다들 몰려갔는데 아뿔싸 그건 멸치잡이 어선에서 뿜어져 나온 빛이었다. 달빛과 어선의 등불도 구분 못 하는 이 순진한 멸치들을 어쩌면 좋을까. 꼼짝없이 어부들이 친 그물에 걸려 다 잡혔지.

멸치들의 기분과는 상관없이 뱃사람들은 "어이야 디야!" 노래를 부르고, 끌려간 멸치들은 펄펄 끓는 소금물에 대쳐지고, 햇볕에 쪼글쪼글해질 때까지 말려지는데 거참, 기구하다.

사람들 참, 그 와중에 멸치들을 줄 세워서 키 재기까지 시키네. 반찬으로 밥상에 오르고 국물 낼 때 쓰이는 우리 집 냉장고에 있는 멸치에게 이런 사연이 있었다니! 멸치의 말투가 산전수전 공중전까지 다 거치고 인생 좀 아는 형님, 누님의 말투 같아 안쓰러우면서도 웃기다.

팔릴 준비가 다 되어 상자에 담긴 멸치들은 마른 몸을 끌어안고 바다를 그리며 밤을 지새웠단다. 이제 남은 일은 사람들 입으로 들어가는 건가 싶었는데 웬걸! 사람들이 멸치 몸에서 똥을 뺀다고 배를 가르네.

뱃속이 다 헤집어지고, 똥까지 빠지자 어쩐지 이 멸치 마지막 남은 자존심까지 내려놓은 것 같아, 몸이 가뿐하다 하네. 구부러진 등뼈는 물결처럼 보이고, 조각난 몸은 단단한 바위처럼 보인다고 한다.

이 지경에 이르러서야 이 멸치들은 울고, 웃고, 소리도 치고, 화도 낸다. 갈 때까지 다 간 거지. 이쯤 되자 멸치들이 존경스럽다. 이제 멸치들은 찢기고 조각난 몸으로 헤엄쳐 나아간다. 더는 아무것도 두렵지 않다. 겁낼 것도 없다. 겪어야 할 고통은 이미 다 겪지 않았나. 뼈와 대가리와 찢긴 살점들이 무리 지어 바다로 헤엄쳐 간다. 자유다. 그리고 마침내 멸치라는 한계를 넘어 바다가 된다.

... 세상에 무슨 이런 이야기가 있어! 한낱 미물에 불과한 멸치에게 이같이 거창한 서사가, 그것도 해학적으로 덧입혀져서 너무나 웃기는데, 그 이야기가 또 슬프고 감동적이니, 정말 웃어야 할지 울어야 할지 어찌해야 할 바를 모르겠더라. 그냥 입에서 계속 '와 – 와 –' 하는 감탄만 나올 뿐이고…

내가 먼저 읽고 난 뒤 딸에게 읽어주었는데 엄마의 이런 마음을 전혀 모르는 딸내미는 멸치 얘기 웃긴다고 그저 깔깔거릴 뿐 별다른 감동을 보이지 않았다. 아이에겐 그저 재미나고 기발한 멸치의 모험 이야기일 뿐이다.

이 그림책은 아이에게는 웃음을 주고, 엄마에게는 '거듭남'

의 과정과 의미를 사유하게 하는 명작이다. 멸치들이 찢기고 뜯긴 조각난 몸으로 바다로 행진하는 장면은 정말 잊지 못할 충격을 주었다. 몹시 그로테스크한 장면인데 처연하면서 또 웃기다니!

유미정 작가의 이 독특하고 남다른 감각을 어떤 말로 설명할 수 있을지 모르겠다. 게다가 이 작품은 작가의 첫 번째 작품이다. 대단하다.

대가리만 남은 멸치는 "우리, 바다가 되자!"라고 말한다. 나는 "그래!"라고 대답한다. 멸치는 그 말을 하는 순간 이미 바다였다. 그리고 난 스스로를 머리만 남은 허당으로 생각하는 못난 마음을 버렸다. 나는 바다다.

마흔의 노르웨이의 숲

이 소설을 처음 만났을 때 나는 주인공 와타나베처럼 이제 막 대학에 들어간 새내기였고, X세대라 불리는 구별된 청춘이었다. 스무 살 그때는 이 소설의 모든 문장을 사랑했다. 어느 한 구절 내 이야기가 아닌 것이 없었고, 내 주변에도 와타나베의 주변 인물 같은 친구들, 선배들이 있었다. 유치한 말처럼 들릴게 뻔하지만 내 20대는 상당히 하루키 소설 같았다.

《노르웨이의 숲》은 하나의 가이드북이기도 했다. 이 책을 시작으로 일본 문학을 본격적으로 탐독하기 시작했고, 여기에 나온 음악을 들었으며, 와타나베가 읽은 영미 소설들까지 다 찾아 읽었으니까. 그렇게 만난 것이 피츠제럴드의 《위대한 개츠비》였으며 둘은 나란히 내 인생 소설이 되었다. 그 뒤로 책장은 오래 덮여있었다. 삼십 대 초반까지는 가끔 아무 데나 펼쳐서 잠시 읽기도 했던 거 같은데 이후론 다시 열어본 적이 없다. 그리고 스무 살 그때의 두 배가 넘는 나이가 되어 다시 읽은 《노르웨이의 숲》은 내가 지나온 세월의 힘을 실감하게 했다. 나는 너무 변했다.

만으로 열아홉에서 스무 살이라는 성년으로서의 삶의 초입에서 청년 와타나베의 눈에 비친 세계의 부조리함과 불가해함은 그 또래의 젊은이라면 시대를 막론하고 대부분 공감하리라 생각한다. (물론 정도의 차는 있겠지만) 집과 학교, 사는 동네를 크게 벗어나지 않고 고등학교까지 다닌 젊은이들에게 세계란 대체로 교과서에서 배운 '당위적인 모습'으로서 존재한다. 그것은 하나의 가설에 가깝지 않은가. 그런데도 세상에 대해 잘 안다고 믿는다.

어른이 된다는 것은 그게, 그러니까 세상이 그렇지가 않더라는 걸 깨달아가며 소위 '현실'이라는 것에 적응하는 과정이 아닐까. 그렇게 현실에 적응하면서 20대를 지나 삶의 다음 단계들을 거치면서 와타나베와 나를 슬프게도 하고, 아득하게도 만든 이슈들은 더 이상 나의 문제가 아니게 되었다.

이제는… (아, 말하려니 헛헛한 웃음이 나온다.) 와타나베 같은 아들을, 미도리와 나오키 같은 딸들을 어떻게 대해야 할지를 생각해야 할 처지가 되고 만 것이다.

《노르웨이의 숲》을 다시 읽으며 주인공들의 입담에 한참 웃었고 (귀여웠다.), 또 그들이 시련 앞에서 무너지는 모습에 (지켜보는 어른으로서) 마음이 아팠다. 그러다 그 시절의 내가 떠올랐다. 어느 때는 나를 나오코에 대입했다가 다른 때는 나를 미도리에 대입했다가 그렇게 조울증 환자처럼 감정 기복이 심한 나날을 보내던 이십 대의 내 모습을 실로 오랜만에 떠올려보게 되더라. 주인공들의 삶과 그들을 사랑했던 젊은 나를 마주하며 왜 사람은 나이를 먹으면 젊었을 때 자신이 어떠했는지를 쉽게 잊는지 안타까운 마음이 들었다.

이 소설이 지금의 나에게 예전 같은 감동을 주지 못함에 처음엔 당혹스러웠고, 민망함마저 느꼈는데 이 글을 쓰면서 그런 변화가 계절의 변화처럼 자연스러운 것임을 깨닫는다. 오히려 젊어서는 생각해보지 않았던 이 소설의 가치를 발견하게 되었달까.

와타나베의 소년기는 절친인 기즈키의 자살과 함께 막을 내렸다. 이유도 알 수 없는 죽음이었다. 삶의 그러한 가능성은 소년 와타나베가 전혀 예상하지 못했던 것으로 이전까지 삶과 죽음을 분리해서 생각해오던, 세계에 대한 그의 이해를 뿌리부터 흔들었다. 삶이 죽음의 대극으로서 존재하지 않는다는 것, 삶과 죽음이 하나라는 새로운 인식은 모순으로 가득한 세계의 불가해함을 실감한 데서 비롯한 것이다. 세상은 더 이상 그가 알던 세상이 아니다. 그가 낯선 세상에서 이방인 같은 심정으로 세계를 겉도는 모습을 하루키는 아주 섬세하게 포착하고 있다.

그래서 청춘은 걷는다. 어찌해야 할 바를 모르기 때문이다. 소설 속에서 와타나베는 나오코, 미도리와 함께, 또 혼자서 많이 걷는 데, 목적 없이 걷는 이미지는 청춘의 전형이다. 청춘영화에서 빠지지 않고 나오는 장면이다. 나도 그때는 한강 시민공원을 비롯해 서울 도심의 많은 곳을 걸었다. 한밤중에도 막 걸어 다녔던 기억이 난다. 한겨울에도 잘도 걸어 다녔다. 나에 대해서도, 타인에 대해서도, 세계에 대해서도 받아들이기도 이해하기도 어려운 것이 너무 많았기에 어찌할 바를 몰라서 걸을 수밖에 없었겠구나... 이제 와서 그렇게 해석한다.

이 소설은 사람이 얼마나 아프고 힘든 과정을 거치면서 어른이 되는지를 상기시킨다. 소년기를 넘기지 못하고 세상을 떠난 기즈키들이 우리 주변에도 많다. 이런 생각을 하면 어른이 되어 살고 있는 우리들 모두 생존자가 아닌가 싶다. 청춘의 강을 무사히 건넘.

청춘의 어떤 경험은 인두로 찍은 듯이 마음에 깊은 자국을 남기며 뒤에 이어지는 성년의 삶의 기저에 깔려 오랫동안 무의식적인 영향을 미친다. 그래서 37살의 와타나베는 결국 희미해진 그 기억을 소환해냈다. 이 소설을 쓸 당시의 하루키가 와타나베와 비슷한 나이였다고 알고 있다. 어떻게 스무 살 그때의 감성을 이토록 생생하게 오래 간직할 수 있었을까, 놀랍기 그지없다.

소설 《노르웨이 숲》은 기억 속에서 영원히 늙지 않고 예전 모습 그대로인 첫사랑 같다는 생각이 든다. 추억하면 애틋한 마음이 들지만 예전처럼 좋은 현재진행형의 사랑일 수는 없다. 청춘의 양상을 특유의 감수성으로 정확하고도 매력 있게 묘사한 청춘 소설의 대표작으로 이 소설에 대한 내 이해가 달라졌음을 고백한다.

여담인데, 내가 이 소설을 읽을 당시에는 미도리나 와타나베가 내 부모님처럼 60년대 학번이라는 사실에 많이 놀랐다. 30년이란 세월의 차이를 전혀 느끼지 못했기 때문이다. 요즘 20대들에게는 와타나베나 미도리가 자신들과 동일시되지는 않고 옛날 사람들처럼 보이려나?

　요즘 20대들의 독후감이 궁금해졌다. 그리고 번역본의 차이도 흥미롭다. 처음에 읽었을 때는 유유정 번역의 《상실의 시대》*로 읽었고, 최근에는 양억관 번역의 《노르웨이의 숲》**을 읽었다. 같은 소설을 다시 읽는데 예전과 느낌이 너무 달라서 이게 정말 내가 나이 든 탓이기만 한 걸까 싶어 서점에 갔을 때 이전 번역본을 찾아보니 번역가에 따른 뉘앙스의 차이가 감지되었다. 유유정 님의 번역본이 좀 더 무게감이 있고, 양억관 님의 번역본은 청춘영화처럼 가볍게 펼쳐진다. 각각의 매력이 있다.

---

* 　무라카미 하루키 작, 문학사상사

** 　무라카미 하루키 작, 민음사, 2017년 8월 7일 3판 1쇄

이야기의 힘

리베카 솔닛의 《멀고도 가까운》을 읽은 지는 한참 되었는데 이 글을 쓰려고 책을 다시 들춰보니 한참 읽던 중에 자주 느꼈던 가슴의 뜨거운 울렁거림이 다시 올라왔다. 그랬다. 이 책은 내 가슴에 자주 열기를 일으켰다. 그것은 우리가 '열기'라는 단어에서 쉽게 연상하게 되는 어떤 움직임을 추동하는 그런 뜨거움이 아니다. 말 그대로 가슴에 느껴지는 열감이었는데 살갗에 난 생채기가 아물 때 느껴지는 그런 뜨거움이었다. 한두 번은 정말로 그 뜨거움 때문에 가슴을 움켜쥐면서 눈시울을 붉히기도 했는데 책의 내용 때문이 아니라 그것이 환기시키는 내 안의 어떤 기억들과 현재 상황 때문이었다.

저자인 리베카 솔닛은 엄마와 사이가 좋지 않은 딸이었다. 세 명의 형제들이 있었으나 엄마가 치매에 걸리자 그 엄마를

---

* 김현우 역, 반비, 2016년 2월 출간

돌봐야 하는 일은 그녀의 책임이 되었다. 삼십 대에 엄마와 절연하는 것을 심각하게 고민했을 정도로 사이가 좋지 않았던 딸에게 엄마는 평생 풀리지 않는 숙제였다.

이 책은 그 숙제 같았던 엄마를 돌보면서 이해하고 용서하게 되는 긴 여정에 관한 기록이다.

치매에 걸려 더는 자신의 집에 머물 수 없게 된 여인이 집을 떠나고, 그녀의 아들 하나가 집 마당에 있던 살구나무를 정리한다. 약 45킬로그램의 엄청난 살구 더미는 하나뿐인 딸의 집으로 배달되고, 처치 곤란한 살구 더미 앞에서 딸은 생각한다. 그것이 '자신에게 떨어진 임무인 동시에, 어린 시절부터 자신에게 거의 아무것도 주지 않았던 어머니가 남긴 자신의 상속권, 동화 속의 유산'* 같다고...

살구를 든 그녀는 이제 이야기 속의 주인공이다. 엄마를 상징하는 살구라는 수수께끼를 풀기 위해 길을 떠나야 하는.

평생 자신을 구해줄 왕자를 기다렸던 신데렐라 같았던 엄마. 백설 공주 이야기 속에 나오는 거울처럼 엄마를 비추었던 자신. 딸은 엄마와 만들어 온 자신의 삶을 이해하기 위해 다른 이

---

* 　같은 책 27p

야기들 속을 탐험한다. 눈의 여왕, 프랑켄슈타인, 체 게바라, 아이슬란드의 늑대 이야기, 에스키모 여인의 이야기, 목숨을 부지하기 위해 천 일 동안 이야기를 지어내던 셰에라자드…

이 많은 이야기는 늙은 치매 환자를 돌봐야 하는 현실의 고통을 견디는 데 도움을 주는 실질적인 수단이자, 오랜 시간 가슴 안쪽을 파고들어 가던 관계의 상처를 치유하는 약이 된다.

우리에게 익히 잘 알려진 수많은 이야기가 리베카 솔닛의 눈을 통해 새롭게 조명된다. 작가의 통찰력은 우리가 그 이야기들 속에서 미처 발견하지 못한 숨겨진 의미를 밝혀준다. 그녀가 풀어주는 이야기를 들으며 우리 모두의 삶이 보이지 않는 저 안쪽에 서로 연결되어 있음을 느낄 수 있었고, 감정이입을 통해서만 조금이나 서로의 삶에 진실하게 다가설 수 있음을 깨달을 수 있었다. 솔닛과 함께 이야기를 탐험하는 매 순간은 정말 아름다웠다.

어떤 것을 제대로 이해하기 위해선 조금 거리를 둘 필요가 있다. 솔닛은 이야기를 통한 내면의 여행뿐만 아니라 실제로도 여행하는데 어린 시절부터 자신이 늘 동경해 온 극지방, 아이슬란드로 떠난다. 차갑고 낯선 자연 풍경 속에서, 다른 작가들의 예술 작품과 그 지역의 이야기를 통해서 그녀는 자기 삶을 이해할 수 있는 새로운 실마리를 얻는다. 그렇게 그녀는 자신의 문제를 해결하기 위해 멀리 갔다 돌아오는 동화나 민담의 주인공처럼 자기 숙제를 풀어낸다. 엄마가 만들어 낸 이야기의 속박을 풀어내고 자신만의 이야기를 새롭게 만든다.

나 역시 수수께끼 같은 엄마를 두고 그 엄마를 있는 그대로 이해하고, 포용하기까지 힘든 과정을 거친 딸이기에, 곁에 98세의 노모를 두고 돌보느라 시들어가는 이모를 두고 있기에 더욱 깊이 공감하며 읽었던 것 같다.

이 책은 나를 크게 각성하게 만들었는데 내가 내 인생의 서사를 어떻게 이끌고 있는지를 생각하게 했기 때문이다. 비극의 주인공이 되지 말아야겠다고 생각했다. 그것은 내 마음가짐의 문제이다. 그리고 오랜 시간 인류가 여성들에게 부과한 질곡의 서사를 깨부숴야 한다. 우리의 삶은 우리가 받아들인 이야기를 닮아간다. 내 삶의 주춧돌이 되는 이야기는 어떤 이야기인가? 삶을 속박하는 이야기인가? 삶을 해방하는 이야기인가? 이야기를 분별하는 능력이 필요하다. 결국 우리는 자신의 삶과 곁에 있는 사람들을 이해하기 위해 이야기를 필요로 하는 것이다.

"우리는 서로의 생각과 작품 속에 살고 있다."*

---

* 같은 책 280p

매일 매일이 좋은 날

　표 선생님, 새로운 인생 영화를 만났습니다. 선생님께 저의 감상을 상세히 전하고 싶어 이렇게 편지를 씁니다. 오모리 타츠시 감독이 연출한 《일일시호일》은 조용하게 가만히 사람의 안쪽으로 깊숙이 파고들어가 마침내는 폭탄이 터지듯 큰 감동의 소용돌이 속으로 빠져들게 합니다.

　1993년, 스무 살의 노리코는 대학에 다니고 있지만 특별히 꿈이 있는 것도 아니고 자신의 적성도 잘 모르겠고 불안함을 느끼는 청춘입니다. 동갑내기 사촌인 미치코는 그런 자신과는 다르게 호불호가 확실하고, 목표도 분명한 것 같아요. 미치코를 좋아하지만 같이 있으면 자기는 뭔가 부족한 인간인 듯 느껴지는 것도 사실입니다.

　노리코는 엄마의 추천으로 다도를 배우기 시작하죠. 미치코도 배운다고 하고, 딱히 거절할 이유도 없어서 얼결에 시작한 건데 그만둘 수 없는 매력에 점점 빠져듭니다.

차 한 잔을 우려 마시는데 무슨 절차와 예법이 이렇게 복잡한지 스무 살의 아가씨들에겐 웃기기도 하고 신기하기도 합니다. 이 영화는 스무 살의 두 아가씨가 처음 다도를 배우는 몇 주일의 시간을 아주 자세하게 그려냅니다. 무슨 다도 학습 동영상인가 싶을 정도로 영화 초반에는 상당히 공을 들여서 다도의 기초를 보여주지요. 일본식 다도의 예법이 특이하고 재밌어서 집중해서 보긴 했지만 도대체 이 영화가 어디로 가려고 이러나 하는 의아함과 우려를 느낀 것이 사실입니다.

그렇게 영화의 시간은 느리게 (조금 지루하게) 흘러갔지요. 노리코는 매주 토요일이면 빠지지 않고 다도 수업을 들었습니다. 꾸준히 해야겠다고 대단히 애쓰진 않았으나 이상하게 토요일만 되면 차를 배우러 가지 않을 수 없었지요.

영화는 다도가 가진 그 이상한 힘을 노리코라는 인물을 통해 천천히 우리에게 이해시킵니다. 복잡한 절차를 머리가 아닌 몸으로 익혀나가는 동안 노리코는 방법을 생각하지 않아도 손이 저절로 움직이는 경험을 합니다. 그리고 전율하죠. '몰입'의 힘을 경험한 거예요. 무아지경 속에서 자신도 모르게 어떤 경지에 도달하는 거죠. 엄청난 자아의 고양감과 만족감을 주는 게 몰입입니다.

그러는 사이에도 시간은 계속 흘렀습니다. 노리코는 졸업했고, 취업에 계속 실패했고, 어렵게 프리랜서 작가로 자립합니다. 삶은 여전히 오리무중이었죠. 다도를 배우는 초반에는 그렇게 느리게 흘러가던 시간이 단숨에 서른으로 도약합니다.

"눈 깜작할 사이에 서른이 되었다."라는 노리코의 독백과 함께 영화는 1초 만에 수년의 세월을 건너갑니다.

여기서 저는 크게 한 방 먹었습니다. 인생이 정말 그랬거든요. 이십 대 초반에는 서른이 그렇게 금방 다가올 줄 생각도 못 했어요. 제가 직접 경험했던 그 당혹스러움이 영화적 표현을 통해 다시 생생하게 기억나면서 가슴이 얼얼해졌습니다.

힘든 청춘의 시기를 보내는 동안에도 노리코는 토요일이면 다도 수업에 나갔습니다. 그러는 동안 차실 벽면에 붙어있는 폭포를 뜻하는 '瀧'* 이 쓰인 족자를 보면서 진짜 폭포가 쏟아지는 것을 느끼고 볼 수 있을 정도로 심미안이 깊어졌으나 그 놀라운 내적 능력은 현실에서 먹고 사는 일에는 큰 도움이 되지 않는 거 같았어요.

미치코는 진즉에 고향에 내려가서 의사 남편과 결혼해서 현

---

* 일본어로 '타키'라고 발음하며 한자사전에는 비 올 '롱'이라고 나와 있다.

실의 삶을 잘 꾸리고 있지요. 노리코는 여전히 삶의 언저리를 서성이는 것 같은데 말입니다. 노리코는 서른이 넘었는데도 살아가는 일이 서툴게 느껴집니다. 결혼을 약속한 남자친구는 배신하고 결혼식은 파투가 나지요. 심지어 십 년 넘게 배운 다도에서조차 실력이 그만하지 못한 거 같아 괴롭습니다. 인생은 너무나 뜻대로 되지 않아요. 자신은 재주가 없고 센스도 부족하다고 자책합니다. 그래도 노리코는 다도를 놓지 않았습니다. 토요일이면 수업에 나가 차를 내렸어요.

스무 살의 노리코가 어른의 삶에 적응해가는 동안 다도는 삶을 견디게 해주는 버팀목이 되어줍니다. 다케타 선생님은 다도를 통해 노리코에게 인생을 가르쳐주시죠. 계절에 따라 절기에 따라 차를 우리는 방법도 다 다르고, 차 종류도 맛도 모두 다르고, 차와 같이 먹는 다과도 다르고, 그렇게 시간을, 계절을 깊이 느끼면서 노리코는 성숙해갑니다.

어렵고 힘든 날은 그런 맛으로, 달고 행복한 날은 또 그 맛으로, 매일의 맛을 깊이 음미하면서 살아갑니다. 돈 버는 일에는 별 도움이 되지 않는 거 같았던 심미안은 그녀가 고된 현실을 견디는 데 큰 힘이 되어줍니다. 다도를 통해 발달한 그녀의 미적 감각은 그녀가 모든 계절을 더 충만하게 느끼도록 이끌어줍니다. 지금 발붙이고 있는 이 현실을 깊이 음미하고 느끼는 삶, 살아있다는 걸 충만히 느끼며 사는 삶…

영화를 보면서 자연 앞에서 겸손하고 자신과 타인에게 정성을 다하는 다도의 매력에 흠뻑 빠지지 않을 수 없었습니다.

"같은 사람들이 여러 번 차를 마셔도 같은 날은 다시 오지 않으니 생애 단 한 번이라고 생각해주세요." 다케타 선생님은 차를 통해서 매 순간 정성을 다하는 삶에 대해 가르쳐주십니다. 사람이든 사물이든 무엇이든 모든 만남을 생애 단 한 번이라고 생각하고 임한다면 우리의 삶은 어떤 모습일까요?

그리고 예기치 못하게 찾아온 사랑하는 아버지의 죽음. 우리가 앞날을 안다면 우리는 사랑하는 사람들을 서운하게 하고 소중한 것을 뒤로 미루는 실수를 피할 수 있을까요? 왜? 왜? 왜? 노리코의 눈물에 기대어 저도 지난 제 삶을 애도하며 울었습니다. 이런 때에도 다케타 선생님은 노리코의 곁을 지켜줍니다.

그렇게 세월은 또 훌쩍 흘러 노리코가 차를 배운 지 24년이 지난 시간을 맞이하지요. 2018년 노리코는 다도에 입문한 지 24년 만에 스승으로부터 다도 선생이 되라는 권유를 받게 됩니다. 노리코는 그 조언을 묵묵히 받아들입니다.

일일시호일, Everyday a good day, 매일 매일이 좋지 아니한가, 하루도 좋지 않은 날이 없다는 뜻입니다. 이 영화는 희로애락으로 가득 찬 우리의 삶을 있는 그대로의 모습으로 껴안을 수 있는 힘이 어디에서 나오는지 깨닫게 합니다.

영화의 엔딩에는 슬픈 장면이 나오지 않아요. 사십 대 중반이 된 노리코는 안정되고 품위 있어 보여서 좋았습니다. 그런데도 눈물이 멈추지 않았습니다. 네, 엄청난 감동을 받은 거지요. 우리 인간은 큰 감동을 받았을 때 울잖아요. 정말 눈이 빨개지도록 울었습니다. 극 중의 노리코가 저와 또래예요. 저보다 한두 살 많은 거 같은데 그래서 더 감정이입이 잘 되었던 거 같아요. 노리코의 삶과 제 삶은 표면적으론 거의 닮은 부분이 없는데도 말이죠. 그러나 노리코도 저도 자기답게 살기 위해서 무수한 시행착오를 겪으면서 여기까지 왔다는 점에서 공감했던 거 같아요.

이 영화를 통해 저는 형식미의 힘을 새삼 깨달았습니다. 형식은 때로 가식이나 위선처럼 여겨지며 거추장스럽게 느껴지기도 하는데 실은 인간을 가장 인간답게 만들어주는 문명의 최소 단위입니다. 인간이 야만의 상태에서 벗어난 것은 삶에 형태를 갖춘 양식을 만들었기 때문입니다. 다도는 그 한 예입니다.

저는 이 영화에서 다도를 통해 서로 예의를 지키며 수년간 우정을 이어가는 노리코와 다케타 선생의 교제에서 큰 감명을 받았습니다. 그들의 삶은 오직 다도라는 한 면만 맞닿아있는 것처럼 보였습니다. 하지만 그것으로 충분했습니다. 사람과 사람 사이에 지켜야 할 거리. 예를 다해서 만나는 관계. 그것이 가식적인 만남이 아닌 오래 지속되는 만남을 위해 필수라는 걸 생각하게 되었습니다.

아름다운 다기 세트와 계절과 차에 따라 나오는 다양한 다과를 보는 것도 이 영화의 큰 재미입니다. 차를 배우러 일본에 가고 싶어졌어요. 먹고 마시는 일에 정성을 다하고 싶어졌습니다. 모리시타 노리코의 동명 에세이를 원작으로 만들었다고 합니다. 실존하는 인물의 이야기라니 더욱 매력있게 다가옵니다. 물리적 시간과는 다르게 흘러가는 내면의 시간을 영화적으로 탁월하게 표현한 오모리 감독의 연출력이 돋보입니다.

노리코 역을 맡은 쿠로쿠 하루는 20대의 얼굴도 40대의 얼굴도 가진 정말 대단한 배우였어요. 다케다 선생님 역을 맡은 고(故) 키키 키린 배우의 마지막 명연기를 보았습니다. 내 삶을 끌어안게 만드는 놀라운 힘이 있는 영화입니다.

소설을 읽어요

눈에 띄는 특징이라곤 하나도 없는 평범한 노파의 일상과 내면을 섬세하게 풀어낸 소설 《빨리 걸을수록 나는 더 작아진다》*는 익명의 군중 중 하나일 뿐인 우리들 개개인에 대해 깊이 생각하게 한다. 세상의 수많은 사람 중에서 그저 한 명인 우리들. 그렇지만 각각의 삶을 들여다보면 얼마나 많은 소중한 기억이 있으며 나름의 상처와 아픔이 있는가? 우리가 경험한 지극히 개인적이며, 그래서 독특할 수밖에 없는 하나하나의 순간들. 그 모든 것이 죽으면 다 사라진다고 생각해보라. 누구 하나 알아주는 사람도 없이. 주인공 마테아는 바로 이 점을 견딜 수가 없다.

---

* 노르웨이의 작가 셰르스티 안네스다테르 스콤스볼이 2009년 발표한 소설. 국내에서는 시공사에서 번역 출판하였다.

그녀는 꼭 필요할 때가 아니면 집 밖으로 나가지도 않고, 사람들과 어울리는 것을 피하며 살아왔다. 그런데 죽을 날이 가까워지자 자신이 이 세상에 태어나 살았다는 흔적을 남기고 싶어진 것이다. 주검이 된 뒤에도 몇 달씩, 몇 년씩 발견되지 않을지도 모른다는 건 상상하기도 싫다.

그러나 평생 하지 않았던 일이 이제 와서 쉽게 될 리가 있나. 하루 종일 마음의 준비를 했는데도 이웃들이 모여 있는 마당에 나가서 간단한 인사를 나누는 것조차 하지 못한다. 마테아는 스스로와 만담을 나누는 능력만큼은 만렙*인 재치 있고, 유쾌하며 엉뚱한 할머니다. 그런데 이런 재능을 타인과의 소통에서는 전혀 발휘하지 못하는 것이다.

그래서 언뜻 평범해 보이는 노인 마테아의 일상은 전혀 평범하지 않다. 길에서 마주친 사람이 시간을 물어오는 것도 그녀에게는 도시 한복판에서 황소와 부딪치는 것과 맞먹는 커다란 사건이다. 마트에 잼 하나 사러 가는 것도 007첩보 작전을 연상시키는 긴장의 연속이다. 이처럼 마테아가 경험하는 현실과 우리가 경험하는 현실의 큰 차이가 웃음을 유발한다.

이토록 비사교적인 마테아이지만 그녀에게도 먼저 세상을 떠난 남편 엡실론과 아름다운 사랑의 추억이 있고, 또 그렇게

---

* 滿(찰 만)+Level(레벨)의 합성어로 게임 등에서 최고의 레벨을 뜻한다.

사랑했던 남편에게 배신을 당한 아픈 추억도 있다. 그 누구와도 소통하지 않았기에 유일무이한 마테아의 이야기는 그녀의 죽음과 함께 영원한 침묵에 갇힐 것이다.

마테아는 고독사를 피하고자, 그리고 살아온 흔적을 남기기 위해 나름대로 계획까지 세워서 실천하지만 어느 것도 사람들의 관심을 끌고 관계를 맺는 데는 성공하지 못한다. 타인에게 닿고자 하는 그녀의 필사적인 노력이 너무 어설프고 웃겨서 결국엔 슬퍼지고 만다.

책 속에서 그녀의 목소리는 구체적인 물리적 나이를 상실한 목소리로, 늙지 않은, 그러니까 '젊다'고 느껴지는 그런 목소리이다. 얼굴을 일부러 상상해보지 않는 이상, 그녀의 목소리만 따라가다 보면 자주 그녀가 할머니라는 걸 잊게 된다. 중간에 본인이 할머니임을 상기시켜주는 이야기가 나올 때마다 깜짝 놀라며 '맞다, 이 사람 할머니지!'하게 만든다.

하지만 독자가 10대, 20대 젊은이들이라면 "에이 무슨 할머니가 이래?"할지도 모르겠다. 그 나이엔 마흔도 어떤 모습일지 상상하기 힘든데 하물며 구십 대의 속내를 어찌 상상할 수 있겠나.

그러나 내가 이렇게 마흔이 되고 보니 겉모습은 나이 들었어도 마음의 소리는 옛적 젊었을 때나 지금이나 크게 다르지 않다는 걸 느끼고, 더 늙어도 비슷할 거 같다는 생각을 종종 하다 보니 마테아의 노인네 같지 않은 목소리가 신선하면서도 실감나게 다가왔다.

이 소설은 뉴스에서 "고령의 독거노인, 신변을 비관하여 자살하다."라는 문장으로 요약될 한 사람의 삶이 그렇게 단순하지 않다는 걸 보여준다. 마테아의 목소리를 따라가다 보면 그녀를 포함해 평범하다는 우리들이 얼마나 평범하지 않은지 깨닫게 된다. 그래서 서로 다른 우리 삶의 디테일이 어쩌면 그리 간단히 무시되는지, 어떻게 우리가 다 같이 '보통'의 '대다수'로 범주화되는지 의아한 생각마저 든다.

우리 중 누구의 삶이든 단 한 사람에게라도 온전히 이해받을 수 있을까? 마테아의 삶과 죽음은 이야기로 옮겨지지 않은 수많은 인생을 생각하게 했다. 현실에선 전혀 주목받지 못하는 개인들이 소설을 통해서 이렇게 관심을 받을 수 있다는 사실에 대해 우리는 좀 더 진지하게 생각해야 한다. (누가 할머니에게 관심을 둔단 말인가?!)

소설은 조금 혹은 많이 이상한, 사실은 결코 평범하지 않은 우리 모두가 이해를 받을 수 있도록 길을 열어준다.

마테아의 죽음이 내게 회한의 마음을 불러일으킨 걸까, 자꾸만 눈물이 났다. 나는 문학을 생각했다. 문학이 왜 존재하는지. 문학은 애도하는 것이다. 이름이 있었으나 이름이 없는 것처럼, 우리보다 먼저 이 땅에 왔다가 흔적도 없이 사라진, 그리고 살아있으나 피차 서로에게 배경일 뿐인 모든 사람을 향한 애도.

서로를 향한 연결고리는 다양해졌는데, 갈수록 고독해지는 우리들 삶의 면면이 회복되려면 우리는 문학으로 돌아가야 한다. 거기서 이해받고, 또 이해함으로써 우리 삶이 회복될 수 있을 것이다.

살아야 할 이유

살다 보면 뜻대로 되지 않는 인생 앞에서 두 무릎이 풀릴 때가 있다. 그럴 때 나는 체호프의 희곡 〈세 자매〉를 읽는다. 처음 이 작품을 읽었던 20대 초반에는 등장인물들이 모두 무능해 보여서 못마땅했던 기억이 난다. 젊고, 세상 경험이 부족했기 때문에 삶의 실패를 개인의 무능 탓으로만 여길 만큼 뇌가 단순했다. 그 순진한 머리는 인생이 길들이기 힘든 말처럼 제멋대로 가버릴 수 있다는 걸 알지 못했다.

세월이 흐르고 흘러 〈세 자매〉를 다시 읽고 골수에 사무치도록 이해하게 되었을 때 비로소 내가 어른이 되었음을 실감했다. 체호프는 이 작품을 통해 '뜻대로 되지 않는 인생의 비애'를 생생하게 그려낸다. 이 슬픔은 매우 현대적이어서 나는 체호프가 이 작품으로 20세기를 열었다고 생각한다. 신분에 따라 해야 할 일과 삶의 양식이 정해져 있던 과거에는 인생이란 원래 뜻대로 되는 게 아니었다. 오직 자신의 운명을 개척하려 했던 인간만이, 그런 것이 가능하다고 믿었던 인간만이 꿈의 좌절과 실패 앞에서 존재론적 슬픔을 느낀다. 우리들 대부분이 그렇지 않은가.

〈세 자매〉는 20세기가 이제 막 시작한 1901년 1월 31일 모스크바 예술극장에서 처음으로 상연되었다. 이 작품의 주인공인 올가, 마샤, 이리나는 오빠 안드레이와 함께 지방의 한 소도시에 살고 있다. 일찍이 어머니를 여읜 남매들은 일 년 전에 아버지마저 떠나보냈다. 부모가 없는 남매들은 자신의 앞날을 결정할 완전한 자유를 지닌 것처럼 보인다.

귀족계급인 이들은 풍부한 지식과 교양을 쌓았으며 훌륭한 인품을 지녔으나 그 모든 것이 이 도시에선 무용하다. 이곳은 문화와 예술의 불모지이자 속물들로 가득하기 때문이다. 여기에서 유일한 낙은 아버지 밑에서 일하던 장교들과 어울리는 것이다. 올가와 이리나는 하루라도 빨리 모스크바로 떠나고 싶어 한다. 안드레이는 모스크바 대학의 교수가 되길 꿈꾼다. 기혼자인 마샤는 남편이 있는 이곳에 남아야 한다. 그녀는 남편을 사랑하지 않기에 사는 것이 괴롭다.

그러나 금방이라도 모스크바로 떠날 것 같았던 이들은 그러지 못하고 저택에 남았다.

안드레이는 나타샤라는 이 지역 처녀와 사랑에 빠져 결혼하고 아들을 낳았다. 그는 자신의 연적이었던 자가 의장으로 있는 지역 의회의 비서로 일한다.

이리나는 전신국에서 일하게 되었다. 노동하는 삶을 꿈꿔왔지만 창의적인 면이라곤 조금도 없는 전신국 일은 그녀를 지치게 만든다.

마샤는 지적이고 말이 통하는 유부남 장교와 비밀리에 연애한다. 자매들은 촌스럽고 자신들의 수준에 맞지 않는 올케 나타샤를 좋아하지 않는다. 하지만 나타샤는 집안을 장악해 나간다. 이런 가운데 이리나는 계속해서 모스크바에 가길 소망한다.

시간이 지날수록 자매들의 상황은 더욱 악화된다. 나타샤는 아들의 방을 만들어준다는 핑계로 자매들의 방을 빼앗고, 자매들을 키워준 엄마나 다름없는 유모 할멈을 내쫓으려 한다. 시의원이 된 안드레이는 도박에 빠져 자매들과 공동소유인 저택을 담보로 빚까지 지고 만다. 아내와도 사이가 좋지 않고, 자매들과도 멀어진 그는 꿈꾸던 삶에서 한참 벗어난 자신의 처지를 한탄한다. 이리나 역시 꿈에서 한없이 멀어져 버린 자신의 현실을 비관하며 죽고 싶다고 울부짖는다. 모스크바의 꿈은 모두에게서 멀어졌지만 그럼에도 이리나는 여전히 갈망한다.

받아들이기 힘든 현실 앞에서 눈물짓는 남매의 모습이 마음을 아프게 흔든다. 왜 이렇게밖에 될 수 없는지 이해할 수 없지만 이것이 현실이다. 시간이 더 흘러 극의 시작으로부터 4년 반이 흐른 후, 도시에 주둔하던 군대가 타지역으로 이전하게 되는 바람에 자매들은 오랫동안 친구로 지내온 장교들과 헤어지게 된다. 특히 마샤는 애인이었던 장교와 헤어지게 되어 비통하다.

이제 저택은 나타샤가 완전히 장악했다. 그녀는 남편 안드레이가 있는 집에 애인을 초대해 함께 시간을 보낸다. 학교를 그만두고 싶어 했던 올가는 여학교 교장이 되었다. 그녀는 유모를 데리고 나가 학교 관사에서 지내고 있다.

이리나도 선생님이 되었다. 그녀는 자신을 흠모해온 남작과 결혼하기로 했으나 남작이 결혼식 하루 전날 죽는다. 이리나를 좋아하던 다른 남자와 결투를 벌이다 그렇게 되었다. 떠나고자 했던 건 자매들인데 그들만 남고 소중한 모두가 멀리 가버린다.

자매들은 모스크바로 가고 싶어 했으나 그러기는커녕 자기 집에서 쫓겨나는 신세가 되고 말았다. 이들의 불행은 죄의 대가도 아니고 노력 부족 때문도 아니다. 자매들이 왜 모스크바에 가지 못하는지 뚜렷한 이유는 나타나지 않는다.

안드레이가 속물스러운 나타샤와 결혼하게 된 것이 결정적이었다고 생각하지만 그 밖에도 여러 가지가 복합적으로 작용했을 것이다. 그러나 그 복잡한 원인을 밝히는 것이 무슨 의미가 있을까? 인생은 이미 뜻대로 되지 않았고, 돌이킬 수 있는 것은 아무것도 없다.

그렇다면 왜 살아야 할까? 그 어떤 희망도 없고, 상황은 점점 나빠지기만 하는데? 대체 어디서 살아갈 힘을 얻을 수 있을까? 놀랍게도 세 자매는 비탄 속에 머물지 않는다. 집과 애인, 친구들을 다 잃은 상황에서 자매들은 서로를 부둥켜안고 삶의 의지를 불태운다.

"마샤: 사람들은 우릴 떠나가고, 한 사람은 영영, 영영, 영원히 떠나갔어. 우리 인생을 다시 시작하려고 우리만 남은거야… "

"이리나: 때가 오면… 무엇 때문에 이런 고통이 있는지 모든 사람이 알게 될 거고, 아무런 비밀도 없을 거야. 하지만 지금은 살아야 해… 학교에서 아이들을 가르치고, 필요로 하는 사람들에게 내 모든 인생을 바치겠어."

"올가: … 세월이 흘러 우리가 세상을 영원히 떠나면 사람들은 우리를 잊을 거야. 우리 얼굴도 목소리도 그리고 우리가 몇 사람이었는지도 잊어버릴 거야. 하지만 우리의 고통은 우리 다음에 살게 될 사람들에게 기쁨으로 변할 것이고, 지상에는 행복과 평화가 찾아올 거야. 그러면 그들은 지금 살아가고 있는 사람들을 선량한 말로 추억하며 감사할 거야. 아, 동생들아. 우리 인생은 아직 끝나지 않았어. 살도록 하자!"*

자매들도 모른다. 왜 이런 고난이 오는지, 왜 살아야 하는지. 그러나 중요한 점은 그럼에도 결코 삶을 포기하지 않는다는 것이다. 자신들의 처지를 비관하며 신을 원망하고 한탄해도 전혀 이상하지 않을 상황에서 그들은 다음 세대를 위해 살겠다는 고결한 의지를 갖는다. 스스로 삶의 가치를 찾은 것이

* 시공사에서 출판하고, 김규종이 번역한 《체호프 희곡 전집》에 수록된 <세 자매> 인용

다. 이들이 슬프고 절망적인 감정을 따라 행동하지 않고, 생을 향해 의지적으로 나아가는 모습에 전율하지 않을 수 없다.

"살도록 하자!"라는 올가의 마지막 말이 가슴을 파고든다. 뿌리칠 수 없는 손길이 되어 나를 일으킨다. "우리 인생은 아직 끝나지 않았어."라는 말에 눈물을 훔치고 크게 숨을 들이쉰다.

삶이 기대했던 모습과 달라서 실망하는 우리에게 〈세 자매〉는 말한다. 인생은 '그럼에도 불구하고' 살아가는 것이라고.

그 자체로 의미가 있다고. 선한 의지를 잃지 말고 나아가라고.

에필로그

다행스럽게도 이 책을 쓰면서 내가 좋아졌다.

나의 단점이라고 생각했던 많은 것들이

삶을 단조롭지 않게 만들어준다는 걸 깨달았다.

세상 모든 이야기는 주인공의 결함에서 시작된다.

그 부족함이 사람을 사람답게, 이야기를 재미있게 만든다.

바람이 있다면,

남은 인생은 있는 그대로의 나를 사랑하면서

나와 사이좋게 지내는 것.

그런 내가 사랑하는 사람들과 더불어 소소하지만

즐거운 날들을 만들어 가는 것.

이 책은 그 시작이다.